長編スーパー・バイオレンス小説

獅《し》子《し》の門《もん》朱《す》雀《ざく》編《へん》

夢枕《ゆめまくら》 獏《ばく》

KOBUNSHA

カッパ・ノベルス

目次

本文のイラストレーション　板垣恵介《いたがきけいすけ》

序章

1

異様な光景であった。

男が、男に殴られている。

立って殴られているのではなかった。

寝て殴られているのである。一方が仰向けにマットの上に寝て、その上に一方が跨《また》がっている。跨っている男が、仰向けになっている男を殴っているのであった。

俗に言う、馬乗り——

下になっている方が、ほとんど一方的に殴られている。両手と両肘《りょうひじ》で、頭部をガードしているのだが、上から叩き下ろされるパンチは、その隙き間から容赦《ようしゃ》なく下の男の顔面にヒットしてゆく。

上になって殴っているのは、褐色の肌をした男であった。

しかも、素手の拳《こぶし》であった。

ブラジル人——マリオ・ヒベーロ。

下になって殴られているのは、日本人である。

赤石元一《あかしげんいち》。

プロレスラーであった。

赤石の顔が、みるみるうちに膨れあがってゆく。

鼻が潰《つぶ》れ、瞼《まぶた》が切れる。

硬《かた》い骨が、硬い骨を打つ、ごつんごつんという音。

街でやっているごろつきの喧嘩のようにも見える。

それを、人前で、金をとって見せているのである。

観客が、声をあげている。

悲鳴のような声もあれば、赤石の名を叫ぶ声もあった。

さらに言うならば、その闘いは、リングの中で行なわれているのではなかった。

八角形の金網の中で、ふたりは闘っているのである。いや、それはもう、闘いではなかった。一方が一方的に一方を嬲《なぶ》り殺しにしようとしているのである。

パンチが、赤石の顔面を潰し、顔を変形させてゆく。

その時——

ふたりの頭上の、明るいライトに照らされた空間に、白いものが舞った。

タオルであった。

2

控室で、赤石元一は荒れた。

タオルを投げた内藤《ないとう》の胸ぐらをつかみ、

「何故、タオルを投げた」

内藤の額と自分の額を突き合わせるようにして叫んだ。

「何故投げたんだ、内藤!」

赤石の眼から、涙が吹き零《こぼ》れている。

それが、まだ乾いてない血と汗と混ざって、変形した赤石の頬を伝ってゆく。

内藤は、無言で、胸ぐらを摑《つか》まれるままになっていた。歯を嚙《か》みしめながら、下をむいている。

その光景を、室戸武志《むろとたけし》は、ドアの前に立って眺《なが》めている。

武志には、どうしていいか、何と言っていいかわからない。赤石と内藤を、黙って見ているしかなかった。

人前でこんなに自分の感情を剝《む》き出しにしている赤石を、武志は初めて見る。

「あいつらがあの時言った言葉を、おまえ、聴いたろう」

激しい口調で、赤石が言った。

試合後、金網の中で、勝利者マリオのセコンドのペドロ・モラエスがマイクを握った。

「皆さん、マリオは身長が一七八センチしかありません。体重は八十四キロです」

それから、ペドロは、赤石の身長と体重を口にした。

赤石は、身長一八八センチ。

体重は一一二キロある。

マリオより、身長で一〇センチ、体重で二八キロ上まわっている。

ボクシングにしろ、レスリングにしろ、柔道にしろ、ほとんどの格闘技が体重別による階級に分かれていることを思う時、この体重差は圧倒的であった。

どれだけの技術の差があるにしろ、玄人《くろうと》対素人《しろうと》でもない限り、この体重の差が勝敗を分けるといってもいい。

「にも拘《かかわ》らず、マリオは、アカシに勝ちました。アカシもたいへんに優秀なグラップラーでしたが、マリオに勝つことはできませんでした。これは、マリオがジュージュツを学んでいたからです。ジュージュツを学んでいれば、バーリトゥードで勝つことができるのです」

明らかに、体格ではマリオより大きなペドロが、他の格闘技に対するジュージュツの優位性を、マイクでアピールした。

ジュージュツ——つまり、柔術のことだ。

ジュージュツの方が、バーリトゥードではプロレスより上——ペドロはそう言っているのである。赤石にとっては屈辱《くつじょく》的な言葉であった。

そのアピールを、勝った当人のマリオは、他人事《ひとごと》のように表情のない顔で聴いていた。

勝負以外には、どういう関心もないように見えた。

「内藤！」

赤石が、右の拳で、内藤の顔面を殴った。

がつん、
と重い音が控室に響いた。

内藤は、拳を避けなかった。

内藤の左の鼻の穴から、つうっと赤い血が滑り出てきた。

ノーコメント——

赤石とセコンドは、そう言って、リングサイドから控室の入口まで追ってきたマスコミ関係者を、ドアの所でシャットアウトした。

そのドアを守るように、武志はそこに立って控室の光景を眺めている。

沖田《おきた》の顔もある。

武志とほぼ同時期に入門した、坂井の顔もあった。

赤石が、内藤の顔面を拳で殴った時——

武志の後ろのドアが開いた。

武志が後ろをふり返ると、後ろ手にドアを閉めたばかりの木原正之《きはらまさゆき》がそこに立っていた。

「木原さん……」

沖田が、救いを求めるような眼で、木原を見た。

武志は、木原が通り易いように、その巨体を脇へのけた。

「すまん」

木原が、そこに立ち止まって、頭を下げた。

赤石に、というより、そこにいる皆に頭を下げたように、武志には思えた。

「おれが甘かった」

木原が、堅く噛んだ歯の間から、しぼり出すような声で言った。

「木原さん……」

内藤が言った。

「マリオとやらせたのはおれだ」

木原は、唇を噛んだ。

「何を言ってるんですか。マリオとやりたいと言ったのは、おれですよ。おれがマリオとやらせてくれって言ったんじゃないですか」

赤石が声をあげた。

「やらせたのはおれだ」

強い口調で、木原は言った。

これほど、真剣な木原の顔つきを、武志は初めて見た。

武志が、フジプロレスに入門するきっかけを作ったのは、この木原と内藤である。

木原と内藤に、札幌で会い、そこで内藤と身体をぶつけあった。その時の肉の充実感を忘れられずに、武志はフジプロレスを訪ね、そこでまた木原と出会い、沖田とスパーリングの真似事をした。

そして、そのままフジプロレスに入門したのである。

そのおりも、それから後のいつであっても、木原には、不思議なゆとりがあった。そのゆとりが、今の木原にはない。

「いいか、言っておくぞ」

木原は言った。

「このままじゃ、終らんからな」

木原は、赤石を睨《にら》んだ。

「このまま、終りにしてたまるか」

自分に言い聴かせるようにして、木原は言った。

一章　邪道の牙

1

芥菊千代《あくたきくちよ》は、砂の上に腰を下ろして、海を眺めていた。

相模湾《さがみわん》――

十月の海であった。

午後。

西に傾きかけた陽の光が、海に注いでいる。

九月の二十日頃までは、それでも大気の中に残っていた熱気のようなものが、今はきれいに抜け落ちていた。

風が、心地よい。

秋の風だ。

その風が、菊千代の頬を撫でている。

海岸でのランニングを終え、今、呼吸を整えているところだ。

体内に生じた熱気が、天へ抜けてゆく。

風が、薄く肌に張りついた汗を奪ってゆく。

日曜日——

仕事は休みである。

茅ヶ崎市内の印刷所で働いている。

市内のマーケットのちらしや、中小企業の社内報や、名刺、案内の葉書きなどを印刷している。

八時半に出社をして、五時には仕事が終る。

土曜、日曜、祭日が休みだ。

仕事が多い時には、夜勤もする。

大学へは、行かなかった。

そもそも入学金が、ない。

働きながら、大学へゆくという方法もないではなかったが、そうすると、空手《からて》の稽古をする時間がなくなってしまう。

空手をやる。

その決心を告げた時、鳴海《なるみ》は黙ってうなずいただけであった。

鳴海の家の近くに、四畳半ひと間の、木造のアパートを借りた。

鳴海塾——

鳴海俊男《としお》の道場にも道場生が来るようになった。

もともとは、武林館《ぶりんかん》の茅ヶ崎支部をまかされていた人間である。

武林館をやめて、自分で鳴海塾を始める時に、一緒に付いてゆきたいと言った門下生は、多数いた。

それを、鳴海は許さなかったのである。

ただひとり、芥菊千代のみを伴って武林館を出た。

そのおりに、鳴海は、武林館の創始者である赤石文三《ぶんぞう》に、挨拶に行っている。ひとりだけ連れてゆきますが、それを許して下さい——そう言って、菊千代と共に武林館を出た。

武林館の道場生という肩書きこそあったものの、もともと、菊千代にはそういう意識は希薄であった。

菊千代は、鳴海俊男に魅《ひ》かれ、鳴海の弟子になった――その鳴海がたまたま武林館の人間であったから、自分も武林館に入ったというに過ぎない。

菊千代の意識は、あくまでも、鳴海の門下生である。

鳴海が武林館にいるなら自分も武林館にいるし、鳴海が武林館を出るなら自分も武林館を出る。それだけのことであった。

当初は、鳴海と菊千代だけの、師がひとり、弟子がひとりの、ふたりだけの鳴海塾であった。

それが、今は、菊千代を含めて、一八人の門下生がいる。

師の鳴海を入れて、一九人の団体となった。

その年の三月――七カ月前。

真武会《しんぶかい》トーナメントと呼ばれる大会に、菊千代は鳴海と共に出場した。

鳴海が重量級に出場して、優勝。

菊千代が軽重量級に出場して、優勝。

しかし、菊千代の決勝戦での勝利は、屈辱的なものであった。

相手は、志村礼二《しむられいじ》という男であった。

流派無し。

所属団体無し。

無名の男である。

その男に、菊千代は股間を蹴られて悶絶した。

股間を蹴るのは反則である。

その反則によって、志村礼二が反則負けとなり、菊千代が反則勝ちとなったのだ。

試合が終り、立っていた志村礼二が負けて、倒れて唸《うな》っていた自分が勝った。

ルール上の勝利であった。

そのふたりの勝利によって、門下生が増えたのである。

その数が、八人。

かつての武林館時代の弟子が九人。

あわせて一七人の入門者があったのである。

武林館時代の弟子は、赤石文三のもとに直接出向いて、鳴海の道場へ行かせてくれと、涙を溜めて、訴えた。

赤石文三が、鳴海に手紙を書いた。

きみが武林館を出て、すでに一年以上が過ぎている。きみはすでに、充分筋を通した。この九人を鳴海塾で預ってもらいたい。

そういう手紙であった。

赤石にそこまでされては、鳴海も折れざるを得なかった。

武林館時代のかつての弟子を、道場生としてむかえることにした。

もしも、鳴海が都内に道場を出したら、一〇〇人からの弟子が集まったことであろう。

鳴海が住んでいるのは、六畳間と四畳半の付いた借家であった。

海の近くである。

窓を開ければ、潮の香りのする風が入ってくる。

小さな庭があった。

そこに、四本の柱を立て、簡単な屋根を乗せて、梁《はり》からサンドバッグを吊るし、床にマットを広げて、そこを道場のかわりとしていた。

屋根と柱があるだけの、狭い道場である。

菊千代とふたりの時にはそれで充分であったが、四人以上が同時に練習はできない。

晴れていれば、海へ出て砂浜で稽古をすることができたが、雨の日はそうもいかない。

市内のスポーツセンターの一隅を借りることにした。

月、水、金の夕方二時間と、日曜日の午後四時から七時まで。

その四日間は、道場生の全員が顔を揃《そろ》えることになる。

　じきに、少年部とビジネスマンクラスも開設されることになっており、あわせて二〇名近く入門者が増えることになっている。

　なんとか、食べていけるぎりぎりのところである。

　菊千代が、海を眺めているその日も、四時から稽古の日であった。

　午後の二時をいくらかまわった頃であった。

　二時間後には、スポーツセンターに行って、他の道場生と共に汗を流していることになるはずであった。

　道場生が増えたことが、菊千代には不満であった。

　鳴海にとってはその方がいいことはわかっているが、鳴海を自分ひとりだけのものにしておきたかったとの思いもある。

　釣り人が、竿をしならせて、波打ち際から仕掛《しか》けをキャストした。

　ラインが、一瞬、陽光を受けて光る。

　釣り人の姿が、点々と砂浜には見えている。

　向こうには江の島が見え、そのさらに向こうに三浦半島が見えている。

　また、自分は、ひとりになってしまうのか。

　その想いが頭をよぎる。

　中学の時に、母親がいなくなった。

　男と一緒に、どこかへ行ってしまったのだと菊千代は思っている。

〝独りよ〟

　そう叫びながら、鉈《なた》で、犬の首を切り落としていた、母親の、壮絶な姿がまだ眼に焼きついている。

〝舐《な》められてたまるもんですか〟

　あの時の母親は、狂気に満ち、そして、美しかった。

　その血が自分にも流れている。

　母と同じ狂気が、自分の内部にも潜《ひそ》んでいるのだと思う。
独り——
母親が、自分に教えてくれたことがあるとすれば、それだ。
今さら、また、独りになるもならないもない。
人とはもともと独りなのだ。
しかし——
苦いものが、舌の付け根にこみあげてくる。
倒れている自分と、立っているあの男の姿——志村礼二。
何故、倒れていた自分が勝利者で、立っていた志村礼二が負けなのか。
まだ、納得がいかなかった。
あの勝負の結果を、半年以上も経《た》つというのに、自分はまだ呑《の》み込めていないのだ。
負けは、自分だと菊千代は思っている。
糞《くそ》。

考えていると、血が逆流してくる。
あの男に勝ちたい。
しかし、どうやったら、あの男に勝つことができるのか。
勝つためには——
先に、あの男の股間を攻撃する——
いつもと、同じことを考える。
その考えが頭に浮かぶと、ぞくりと背の血が騒ぐ。
そうだ。
あの男より先に、あの男の睾丸《こうがん》を蹴り潰してやればいいのだ。
それが、この自分にできるか？
できるだろう、と思う。
そしてまたすぐ、できぬだろうという思いも頭の中に浮かぶ。
自分は、試合のルールを守ろうとするだろう。
もしも、はじめから、ルールを守らぬ試合をするつもりなら、試合が始まる前から、精神の一部が切れていなければならない。もし、切れているなら、できるだろう。自分には、そういう狂気がある。

しかし、意図的に、その狂気を引き出せるものではない。

ならば——

あの試合が答なのか。

と、菊千代は思う。

あの試合——というのは、ちょうど一ヵ月前に、横浜アリーナにおいて行なわれた試合のことだ。

〝バーリトゥード〟

そういう名前で呼ばれる試合方式のことだ。

バーリトゥードというのは、ポルトガル語で、〝何でもあり〟という意味の言葉だ。

試合で、何をやってもいい。

ボクシングの試合なら、パンチで殴るだけだ。

柔道の試合なら、投げて、押さえ込んで、極《き》める。

打撃は使用できない。

空手なら、拳を当てるか蹴るだけ。

レスリングなら、倒してフォールをする。

バーリトゥードは、どの競技のどの技を使ってもいい。

禁止事項は、ただのふたつである。

噛みつくこと。

眼を抉《えぐ》ること。

それ以外なら、どのような技を使ってもいい。

股間を蹴ることもできる。

睾丸を握って潰すこともできる。

倒れた相手の頭部を蹴ってもいいし、馬乗りになって殴ってもいい。

首を絞めてもいいし、関節の逆を取って極めてやってもいい。

そういうルールの試合ならば、はじめから、あの志村礼二と対等にやることができるだろう。

菊千代は、鳴海の家で、テレビでその試合を見た。

全部で七試合。

一試合目が、空手家対キックボクサーの試合であった。

日本人空手家の永山光男と、タイ式ボクシング——ムエタイのソムチャイ・ギャットウィチアン。

これは、倒れた相手に、肘を何度も打ち下ろして、永山が勝った。華麗な打撃のテクニックはどちらも見せなかった。

二試合目が、空手家対サンビスト。

アメリカの黒人空手家ダニエル・コールマンを、ロシア人のアレクセイ・コノネンコが、仰向けに倒れた相手の顔を上から殴って、TKO勝ちをした。

三試合目が、カンフーのロナルド・ギブソン対キックボクサーのシンサック・サックシープン。

これは、ローを入れて、弱ったところへ顔面に肘を入れ、シンサックのKO勝ち。

四試合目が、ヘビー級ボクサーのエリック・ジョンソン対ブラジルの柔術家イワン・ゴメスであった。

これは、ゴメスがエリックをあっという間にタックルで倒し、その上に馬乗りになった。

平手でゴメスがエリックの頭部に打撃を入れると、エリックは、ゴメスの両脚の間で身体を反転させて、俯伏《うつぶ》せになった。

この首に、上から腕をからめ、チョークスリーパーに取って、ゴメスがエリックを落とした。

五試合目が、オランダ人のキックボクサー、ジェラルド・カレンバッチ対ブラジル人柔術家ヒカルド・ヒーゾであった。

これは、四試合目とまったく同じ展開で、ブラジル人柔術家ヒカルドが勝った。

六試合目が、アメリカ人アマレスラー、ブルーノ・マルシアーノとブラジル人柔術家カーロス・ヒベーロであった。

ブルーノは、アメリカ代表でオリンピックにも出場したことのあるレスラーであった。

誰もが、このブルーノが勝つものと思っていた。

それが、あっさりとこのブルーノが負けてしまったのである。

まず、タックルにいったのはブルーノの方であった。

胴タックルに行き、カーロスを仰向けに倒した。

そのまま上になって殴ればブルーノの勝ちであると誰もが思った。

しかし、下になっていたカーロスが、下からブルーノの腕を取り、両脚でその腕の付け根——肩と首をからめとった。

そして——

上になっていたブルーノが、あっさりとブラックアウトした。落ちて気を失ったのである。

柔道にもある三角絞めという技なのだが、観客の多くはそのことを知らない。

まるで、魔法を見るようであった。

七試合目が、メインイベントであった。

日本人プロレスラー、フジプロレス所属の赤石元一対ブラジル人柔術家マリオ・ヒベーロ。

マリオは、カーロスの兄である。

日本人のほとんど誰もが、赤石の勝利を予想していた。

赤石元一は、ただのプロレスラーではなかった。

フジプロレスの若手ナンバーワンであり、身体の強さも大きさも、ずば抜けていた。

セメントでは、一番強い——そう囁《ささや》かれてきた。

セメント——つまり、プロレス的な約束事を抜きにした真剣勝負では、道場で一番という噂《うわさ》もあった。

格上の外人レスラーも、控室では赤石に挨拶をしてゆく——そのようなことがまことしやかに業界では言われてきたのである。

その幻想を支えたのは、ひとつには赤石の肉体にあった。

日本人離れをした巨体——身長一八八センチ、体重一一二キログラム。

太い骨の上を、みっしりと分厚く筋肉が包んでいる。外人の肉体と比べて、何の遜色《そんしょく》もない。

もうひとつには、赤石元一は、あの武林館の創始者である赤石文三の息子であるということがあった。

父親譲りの空手の技に加えて、プロレス——ヨーロッパのランカシャースタイルの、キャッチ・アズ・キャン——つまり関節技の達人とも言われていたのである。

いかに、柔術が寝技に優れていようと、それは、道衣を着ていての話であり、裸体で闘ったら、柔術家であろうと、赤石には敵《かな》うまいと誰もが考えていたのである。

ゴングが鳴った時、赤石は、打撃の構えでマリオと向かいあった。

両手を持ちあげたアップライト——ムエタイスタイルの構えである。

打撃しかできないムエタイの選手ではない。寝技にきちんと対応できる赤石だからこそできる構えであった。

相手が、打撃ができないであろうことは想像がつく。

だから打撃でゆく。

もし、タックルで入ってくるなら、その時膝を入れてもいいし、顔面にパンチを入れてもいい。

それで相手にダメージを与えられずに、タックルに入られたとしても、そのタックルを切ればいい。タックルが切れなくても、そのまま寝技の勝負に場が移るだけのことだ。

一発で相手をノックアウトできるとは、赤石も考えてはいなかったろう。打撃を入れて、相手が怯《ひる》んだところへ、自ら寝技に誘い込んでもいい——それだけの自信が赤石にはあるように見えた。

打撃も寝技もできる——

それが赤石の強みであり、それは観客もよくわかっていた。

それまでの、打撃だけの選手でもなければ、寝技だけの選手でもないのだ。

アマレスのブルーノは、タックルや押さえ込むのはうまくとも、腕や脚の関節を極めたり、首を取ってチョークスリーパーに入るということにおいては、素人である。

極めあいになったら、柔術家に一日《いちじつ》の長がある。

しかし、赤石は、関節技が得意なのである。

誰もが、かなりの確率で、赤石の勝ちと考えていた試合であった。体重差も大きい。

それが、違ったのである。

マリオは、はじめ、遠い間合にいた。

どういう打撃も届かない距離である。

その間合のとりあいが、赤石とマリオとの間で、一分近く続いた。

その時——

つうっ、とマリオの右足が間合の中に入ってきたのである。

その足に、赤石が、浅く左のローを入れた。

その瞬間——

信じられないバネで、すとん、とマリオが赤石の懐《ふところ》に入ってきたのである。

胴をマリオに抱えられていた。

それを切ろうとする間もなく、マリオの片腕が赤石の首にからんできた。

そのまま、マリオは仰向けになってマットの上に倒れ込んだのである。

自然に、赤石が上になった。

仰向けになったマリオが、赤石の胴をその両脚で挟《はさ》んでいた。

誰もが、チャンスと思ったはずだ。

赤石もそう思ったはずだ。

マリオの左右の脚は、まるで、赤石にその脇に抱え込んでくれと言わんばかりの位置にあったのである。

赤石は、右腕で、マリオの左脚を抱え、自らも仰向けにマットの上に倒れ込んだ。

アキレス腱固め――

極めたかと見えたその時、仰向けになっていたマリオが上体を起こし、赤石が仰向けに倒れ込むのに合わせて、その上に馬乗りになってしまったのである。

仰向けになった赤石の上に、マリオが両脚で跨っていたのである。

それから、悪夢が始まったのだ。

マリオの拳が、下になった赤石の顔の上に打ち下ろされはじめたのである。

ひとつ、
ふたつ、
みっつ、
よっつ、
みるみるうちに、赤石の顔が腫《は》れあがってゆく。

赤石の顔が、裂けた血袋のようになってゆく。

そして、ついに、タオルが投入されたのだ。

その光景を、菊千代はテレビで鳴海と見ていた。

何だ、これは⁉

異様な興奮のようなものが、その時、菊千代の背骨を疾《はし》り抜けた。

これか。

あの志村礼二とやる時には、これをやればいいのか。

これならば――

これなら、かたちは違うが、鳴海と週に一日だけ、

練習をしている。投げと寝技のある空手。

あの時、背を駆け抜けた戦慄《せんりつ》が芥菊千代の肉に蘇っている。

あれをやれば……。

砂浜の上で、芥菊千代の身体は、小刻みに震えていた。

2

加倉文平《かくらぶんぺい》は、走っていた。

同じリズム、同じ呼吸で、スニーカーの底でアスファルトを踏んでゆく。

黒いジャージの上下を着ている。

ジャージの下に着ている綿のTシャツが、薄く文平の汗を吸い込んでいる。

夜——

十一時。

もう少し走れば、スタート地点である公園に着く。

一週間後が、いよいよ、武林館の秋の大会であった。

無差別級のトーナメント。

これまで、ずっと、この日のためにトレーニングを続けてきたのである。

筋力トレーニングも、スパーリングも、充分に納得ゆくだけやってきた。すでに、文平は調整期間に入っている。

長いトレーニングで、肉体をいじめぬいてきた。疲労が澱《おり》のように肉体に溜まっている。今、身体の仕上がりは、およそ九〇パーセント。

あとは、この肉体から上手に疲労を抜いてゆけば、一〇〇パーセントになる。

すでに三日前に、肉体をいじめるトレーニングはやめている。

これからは、細胞の中にしがみついている細かい疲労をとってゆかねばならない。しかし、休みすぎては、せっかくここまで仕上げた肉体の能力が落ちてしまう。

今の筋力、パワー、反応速度——それらを維持したまま、疲労だけを身体からぬく。

肉体のテンションを保ったまま、それをするのが、なかなか難しいことなのだ。

選手にとっては、トレーニングをする方が楽である。

試合前は、誰もが不安になる。

不安だから、毎日トレーニングをする。ともすれば、練習をしすぎてしまうのだ。練習のしすぎで、逆に身体のコンディションを崩してしまう。

極限まで、肉体をいじめてきたその行為を、試合前にはやめねばならない。

試合直前にやめるのでは意味がない。

遅くとも、十日前には、肉体をいじめる作業はやめて、最後の仕上げにかからねばならない。

それが、テンションを維持したまま、肉体を休めることなのである。

今夜は、ゆっくりと、五キロ走った。

こういう距離を走るのは、今夜でおしまいである。

もう少し走れば、公園の入口である。

調整は、これまでうまくいっている。

自分でメニューを考え、ずっとやってきたのである。

おそらく、他の出場選手も、それぞれに調整に入っている頃である。

昨年、加倉文平は、初めて、武林館の秋の大会に出場した。

一位が、四年連続優勝の麻生誠《あそうまこと》であった。

二位が、安藤恵二。

三位が、沢村竜介と、加倉文平自身であった。

今年は、麻生誠は出場しない。

十一月に行なわれる、別の試合に出場するためである。

麻生が出場するそちらの大会を主催するのは、武林館ではない。

武林館のトーナメントは、空手の大会だが、そちらのトーナメントは、キック・ボクシングのルールに近い。

大会名は〝NKトーナメント〟。

ニュースタイルのカラテ。

ニュースタイルのキック・ボクシング。

ニュースタイルのカンフー。

ニュースタイルの格闘技。

ニュースタイルの喧嘩。

これを総称して、〝NK〟と名づけたのが、この新格闘技である。

今回からルールがかわり、ベスト8《エイト》から顔面に拳をあててもいいことになったが、武林館では、顔面に拳をあててはいけないことになっていた。NKルールでは、最初から拳を顔面にあててもいいことになっている。

そのかわりに、手にはボクサーのようにグローブを嵌《は》めなくてはならない。

試合場も、リングである。

麻生がいくら強いといっても、武林館のトーナメントに出場して一〇日もしないうちに、別のルールの試合に出ることができるほど、甘い世界ではない。

したがって、麻生のいない今年の武林館トーナメントは、混戦になりそうであった。

優勝候補は、昨年二位であった安藤恵二だが、あっさり安藤が優勝と言いきれるほど、武林館は底が浅いわけではない。

麻生の強さがずばぬけていたのであり、昨年、一回戦二回戦で麻生にやられた選手たちでも、麻生とあたらなかったら、充分ベスト4《フォー》に残る実力がある。

香取大明神

加倉文平も、沢村竜介も、注目度は高いものの、本命ではない。特に文平については、昨年が初出場ということもあって、まだ、世間はその実力をきちんと評価するところまではいっていなかった。

優勝のチャンスは、誰にでもあると言えた。

しかし、文平の脳裏に存在する優勝の二文字は希薄である。

あることはある。しかし、文平自身が心にかけているのは、優勝よりは自分の力を出しきることであった。

試合に備えて、自分の信ずる最良のトレーニングをし、試合では、自分の力を出しきる——これが文平の目標である。

全力を尽くす。

完全燃焼。

勝利——優勝というのは、全力を尽くすことの結果として、自分にもたらされるものだろうと文平は思っている。

試合に臨んで、選手にできることは、

〝全力を尽くす〟

それのみであるといっていい。

他のことは、試合においては邪魔になるだけである。

勝ちたいと考えることが、むしろ完全燃焼から、自分を遠ざけてしまうのではないかと、文平は思っている。

その完全燃焼のために、文平は今、走っているのである。

公園の入口には、左右に石の柱が立っている。

大人の膝よりも、やや高いくらいの柱だ。

その柱を基点に、右と左に躑躅《つつじ》の植え込みが広がり、公園全体を囲っている。

二本のアスファルト道路に挟まれた三角地帯である。

入口はふたつ。

一方は、ビルの壁になっている。

滑り台。

砂場。

ジャングルジム。

ぶらんこ。

設備としてあるのはそれだけだ。

あとは、コンクリートでできた小さなトイレがひとつ。

桜が二本。

欅《けやき》が三本。

太い銀杏《いちょう》の樹が一本。

どこの街にもありそうな、小さな公園だった。

文平は、その入口を通って、公園の中に入った。

すぐには、足を止めない。

ゆっくりと、公園の中を歩くように走り、スピードを落としてゆく。

呼吸は、ほとんど乱れてはいない。

汗も薄く掻《か》いている程度である。

足を止め、膨《ふく》ら脛《はぎ》と太腿《ふともも》の筋肉を、軽く手で摑んで揉《も》む。

暗い公園だった。

街灯が二本あるが、一本は壊れているらしく、点《つ》いていない。

次に、ストレッチに入ろうとした時——。

いきなり、何かに気づいたように、文平は前に跳んでいた。

自分の首筋に、背後から、ふいに冷たい刃物を押しあてられたような気がしたのである。

後方を振り返る。

そこには、暗い街灯に照らされて、桜の木が一本生えていた。

太い、黒い幹。

紅葉が始まる前の葉が、わずかな風にさやいでいる。

文平は、その桜の幹を見つめていた。

ふいに、その桜の幹の陰から、低い笑い声が響いてきた。

く、
く、
く、
という、笑いを喉《のど》で殺しているような声。

男の声だ。

幹の陰から、ひとりの男が、ゆっくりと歩み出てきた。

ジーンズ。

Tシャツ。

スニーカー。

よくひきしまった肉体を持った男であった。

柔らかな髪が、額にかかっている。

どちらかと言えば、瞳が大きい。

女のような、二重《ふたえ》の眼。

白い肌。

一見、優男《やさおとこ》に見えそうだが、そうではない。

唇には、刃物のような笑みが浮いていた。

文平は、その男を知っていた。

かつて、同じ高校に通っていたこともある。

「志村……」

文平は、その名をつぶやいた。

志村礼二であった。

「おい、よかったな……」

礼二は、さらに数歩前に出てきて、そこで足を止めた。

「おめえが、あのままおれに気づかないようなまぬけだったら、後ろから襲ってやろうと思ってたんだ……」

礼二は、唇の一方の端を、小さく吊りあげて、笑ってみせた。

「久しぶりだな、文平……」

「ああ」

文平はうなずいた。

今年の春だったか。

羽柴彦六《はしばひころく》が、赤石文三に会いに、武林館を訪ねてきた。

そのおり、酒の肴《さかな》を買いに出たのが、文平であった。

その時に、志村礼二と会っているのである。

志村礼二が、真武会のトーナメントで、二位になった後のことであった。

一位は、鳴海俊男の弟子の、芥菊千代であった。

グローブを付け、顔面を殴っていい空手の試合――。

その軽重量級に出て、二位。

しかも、礼二は、

〝勝ったのはおれだ〟

文平にそう言った。

あれ以来――ほぼ半年ぶりになる。

「それ以上、近づくな」

文平は言った。

「なに⁉」

礼二が、歯を見せた。

「近づいたら、どうだというんだ」

「おれは、走って逃げる」

「逃げるだと?」

「怪我《けが》をしたくないからだ」

文平の言葉は、穏やかだった。

「あいかわらずだな、文平――」

志村礼二は、楽しそうに笑った。

「安心しろ、これ以上近づくつもりはねえよ。近づくと、我慢できなくなるからな」

「何の用だ」

「おまえに、ちょっと、おもしろいものを観せてやろうと思ってな」

「おもしろいもの？」

「おまえ、あれは観たのか？」

「あれ？」

「ブラジル人と、赤石ってえプロレスラーがやったあれだよ」

「テレビで観た」

「ならば、いい」

「いい？」

「三日後の夕方、六時に後楽園ホールだ」

「水道橋のか」

「そうだ」

「何があるんだ」

「おまえに観せたいものがさ」

「試合か」

「試合じゃない。金はかからない。無料だ」

「――――」

「誰でも入ることができる」

「何があるんだ」

「来ればわかるさ」

礼二は、それだけ言って、口をつぐんだ。

礼二が、文平を見ている。

文平も、礼二を見ている。

しばらく、無言で、ふたりは見つめあった。

「必ず来い」

志村礼二は、そう言って、文平に背を向けた。

隙のない、自信に満ちた背であった。

ゆっくりと、礼二の姿が公園から出ていった。

礼二の姿が見えなくなってから、たっぷり二分。

文平は、そこから動けなかった。

3

道場の、リングの下で、赤石元一は、下を向いて正座をしていた。

ジーンズに、Tシャツ姿だ。

顔が赤い。

酒が入っているのである。

吐く息が、酒臭かった。

その前に、木原が立っている。

木原は、背広姿だ。

ネクタイを緩め、シャツの第一ボタンをはずしている。

木原は、苦い顔をして、赤石を眺めている。

「いったい、どのくらい飲んだんだ」

木原が訊いた。

「ウィスキーを、ボトルで二本くらいっス」

赤石は言った。

「くそ」

木原は、弱りきった声をあげた。

四十分ほど前に、青山にあるこの道場に電話があった。

室戸武志が出た。

男の声だった。

「朱雀会《すざくかい》だが——」

と、男の声は言った。

たまたま、道場にいた木原に、すぐに電話をかわった。

「おたくの赤石が、うちの事務所で暴れてね——」

向こうも電話の相手がかわり、黒滝《くろたき》という男になった。

「木原さんか」

黒滝は言った。

木原も、黒滝のことは知っている。

プロレスの興行で、世話になったことがある。

黒滝が言うのには、酔った赤石が、事務所にやってきて、急に暴れ出したというのである。

若い者たちを、ぶちのめし、部屋をめちゃくちゃにした。

ようやく大人しくなったので、これからお宅の道場に送り届ける——黒滝はそう言った。

「まだ生きてるよ。自分で傷ついた分の他は、無傷だ」

組員を殴ったり、ガラスを砕いたりして、その時に拳《こぶし》などを傷《いた》めたりはしたが、無事だと黒滝は言った。

「よかったなあ、赤石で——」

黒滝は、木原にそう言った。

木原には、黒滝の言う意味がすぐにわかった。

組の事務所に殴り込んで、それだけで済んだのは、奇跡のようなものだった。

たとえ、殺されてもしかたがない。

だが、無事であったのは、黒滝が言うように、相手が赤石であったからに違いない。

赤石は、有名人である。

その赤石が、道端でなく、組の事務所で組員によって殺されでもしたら、組も無事では済まない。

警察が入り込んでくるからだ。

それがひとつ。

もうひとつは、赤石元一が、武林館の赤石文三の息子であるということだ。

フルコンタクト系の空手では、武林館は最大の組織である。

赤石文三は、裏の社会にも顔が利《き》く。

その息子である赤石元一を、組の事務所で死なせてしまったら、どうなるかわからない。

そういう配慮が、組側に働いたということだ。

「あとで、きちんと話をつけさせてもらえますね」

念を押すように、黒滝が言った。

「納得のゆくかたちで、御挨拶をさせていただきます」

木原は言った。

何が起こったのか、とにかく、事態がはっきりするまでは、迂闊《うかつ》な返事はできない。

木原は、ていねいに、無難な言い方をした。

それで、電話は終った。

三十分ほどで、朱雀会の車が道場の前に着き、赤石を降ろしていった。

酒に酔って、赤い顔をしていたが、すでに赤石は正気にもどっていた。

「何があったんだ」

木原は訊いたが、赤石は、これまで、ずっと無言であった。

そして、ようやく、今、ぽつりぽつりと赤石は口を開くようになったところだった。

「もう、三十分ほどで、社長が来る……」

ぼそりと木原が言った。

赤石は無言である。

十秒ほどの間を置いて、

「何があった？」

最初の問いを、木原がまた発した。

「木原さんは、知ってたんスか」

ふいに、赤石が言った。

「知ってた？　何のことだ」

「おれと、マリオとの試合のことですよ」

「だから、あの試合の何のことだ」

「あれが、八百長《やおちょう》だったってことです」

「何を言うんだ。あれは八百長なんかじゃない。それはおまえが一番よく知っているはずだ」

「八百長っスよ」

赤石は顔をあげた。

「何のことだ」

「マリオのやつ、初めの五分間は、勝負をつけないと、約束させられてたんでしょう」

「――――」

「五分間は、おれをやっつけない。五分過ぎたら、赤石元一をやっつけてもいいって――」

「どこで、その話を聴いた」

「六本木ですよ」

「六本木？」

「飲んでたら、後ろの席の人間が、話をしてた。どこかの週刊誌の人間ですよ。近くに、おれがいるのを、知らなかったみたいでね――」

「――――」

「おかしいと思ってたんだ。マリオのギャラが、一億円。他に選手も呼んで、どうやったって、黒字になるわけはない。金にならないのを承知で、朱雀会が、あの興行のバックについた……」

「――――」

「誰も、おれが勝つとは思ってなかったってことだ。それはいいっスよ。そう思われるのはいい。だけど、これはないじゃないスか。マリオを、脅したんでしょう。負けるようにって。勝ったら、無事に帰さないって――」

マリオ・ヒベーロは、これまで、日本で三回、バーリトゥードの試合をしている。

四回目が、赤石元一であった。

初めのファイトマネーが、五〇〇万円。

次のファイトマネーが、一〇〇〇万円。

次のファイトマネーが、八〇〇〇万円。

そして、赤石とやった時が一億円。

これまでの試合で、マリオは、ことごとく日本人の格闘家を破ってきた。

空手家を破った。

キック・ボクサーを破った。

柔道家も破った。

いずれも、日本では知名度のある選手である。

空手家は、その流派のチャンピオン。

キック・ボクサーは、元チャンピオン。

柔道家は、かつて、全日本のベスト8《エイト》にも入ったことのある男だ。

その全てに、マリオは、勝ってきた。

勝つたびに、マリオのファイトマネーはあがった。

昨年の興行は、赤字となった。

もう、マリオの要求するファイトマネーを出せるスポンサーはいない――誰もがそう考えていた。

そのスポンサーが現われたのだ。

それが、J・B・Aだった。

日本・バーリトゥード委員会――そういう名前のスポンサーだ。

そのスポンサーのバックに、朱雀会がついていたのである。

そして、フジプロレスに話が持ち込まれ、赤石が出場することとなったのである。

一部マニアの間で、赤石は、フジプロレスの若手の中では、実力ナンバーワンと言われていた。

道場マッチや、セメントの試合では、誰にも負けない――そう言われてきた。

道場破りに来る空手家や、キック・ボクサーがいれば、赤石が相手をする。相手をして、むこうの腕を折る。

メインに出る外国人レスラーも、控室では、赤石に頭があがらない。

武林館の創始者――赤石文三の息子。

打撃のできるレスラー――。

それが、赤石の神話であった。

神話というよりは、それは事実であった。

赤石文三が、手とり足とり、子供の頃から打撃を教えたのだ。

それが、プロレスへ転向した。

神話が生まれる要素は、始めからあったのである。

実力派。

プロレスは、真剣勝負をリング上ではやらない。

基本的に、プロレスはショービジネスだ。

しかし、プロレスラーは強い――そういう伝説を支える人間が、プロレス界には何人かいる。そのひとりが、赤石であった。

多くのプロレスファンは、赤石が勝つと信じた。

しかし、世間的には、マリオの評価が高い。

多くの人間が、マリオの勝ちを予想した。

マリオは、子供の頃から柔術とバーリトゥードを学んできた。いくら強くとも、日常的には、真剣勝負をやっていないプロレスラーが、プロレスラー同士の中ではどれだけ強かろうが、真剣勝負のみをやって勝ちあがってきた人間に勝てるわけはない――と。

マリオと赤石――このふたりの対戦が、裏の世界で賭《かけ》の対象となったのだ。

この賭で、朱雀会は、儲けようとしたのである。

マリオのファイトマネーよりも高い金額が、裏で動くこととなった。

興行そのものは赤字でも、この賭で金が入れば元はとれる。しかも、裏の収入だから無税である。

多くの人間が、マリオに賭けた。

もしも、これでマリオが負けたら、高額の金が、赤石に賭けた人間の懐に入ることになる。

それで、朱雀会は、マリオを脅したのである。

赤石に負けろと。

もしも勝ったら、無事に日本を出てゆかさないぞと。

これを、マリオは呑まなかった。

それならば、試合をせずに帰る――マリオは、そう言った。

妥協案が出た。

最初の五分間は、赤石に勝たない――そういう約束ならしよう、マリオはそう言った。

それで、賭の主体がマリオの勝ちを予想した者たちの中で、マリオが何分で勝つかというものにかわったのだ。

「それで、マリオのやつは、赤石とやった時、前半は手をぬいたのさ」

　赤石の後ろで、週刊誌の記者は、そういう話をしていたのである。

4

　加倉文平は、二階からその光景を見下ろしていた。

　いつもであれば、リングがある場所に、ブルーのマットが敷かれていた。

　そこに、柔道着に似た衣《ぎ》を着た男が三人いる。

　柔道着に似ており、ある意味では柔道着とも言えるが、正確に言うなら、それは柔術衣であった。

　柔術の選手が着る道衣。

　どこが違うか。

　それは、その三人の男の着ている衣のカラフルさである。基本的には白なのだが、その上に、たくさんのカラフルな模様やマークやロゴが描かれているのである。三人の男の衣に共通するロゴもあるが、その種類も、数も、描かれている場所も違う。

　そのマークやロゴは、その選手個人についている企業のものである。彼等がそのロゴ入りの柔術衣を着て試合に出場することによって、その企業の名前が観客の眼に触れることになる。試合のＴＶ中継があれば、企業名が電波に乗ることになる。こういうことは、柔道にはない。

　さらに違う箇所と言えば、袖の太さである。

　柔道着では、選手が腕を通した時、袖口から脇の下まで、布の余り幅が常に五センチ以上なければならないのだが、柔術衣ではこれが六・八センチ以上なければいけない。柔術衣は、柔道着としては使用できるが、ぎりぎりの袖の太さの柔道着は、柔術衣として使用できないことになる。

どちらも、ルールの意図としては同じである。

柔道も柔術も、立ち合う時に、互いに相手の道衣の袖口や袖を摑んで技をかけ合うため、自分の着ている衣の袖の余り幅が小さい方が、摑み難くなるため、自分には有利になる。逆に、これが広ければ不利になる。

柔道も柔術も、これをルールによって規定しているのである。

その衣に対するルールが、柔道と柔術では、微妙に違うのである。

むろん、それは、衣を見ただけで素人がわかるものではない。

しかし、そもそも柔道は、広義に考えた場合、柔術の一流派である。そして、日本古来の柔術において、ルールによって着衣の寸法が決まっているということはこれまでなかった。


では何故、加倉文平が見ている柔術の衣の寸法が、ルールで決められているのか。

それは、今、文平が見ているのが、ブラジリアン柔術だからである。

日本を祖とし、ブラジルにおいて独特の発展と変化を遂げてきたのがこのブラジリアン柔術である。

この現代のブラジリアン柔術には、日本の古伝柔術にはなかった、細かいルールがあるのである。

文平の見ているマットの上で、柔術衣を着ている三人の男たちは、いずれもブラジル人であった。

〝ブラジリアン柔術セミナー〟

これが、その日、後楽園ホールで催されているイベントの名前であった。

三人のうち、ひとりのブラジル人に、文平は見覚えがあった。

イワン・ゴメス——

先日行なわれたバーリトゥードの試合で、ヘビー級プロボクサーである、黒人のエリック・ジョンソンに勝ってのけた男だった。

ゴメスは、ジョンソンをタックルで倒し、マウント・パンチを浴びせて、相手が怯んだところを、首を極《き》めて落としている。

他のふたりについては、わからない。

一カ月前、横浜アリーナでの試合には、どちらも出場してはいなかったはずだ。

今、ここでは、柔術のデモンストレーションが行なわれているのである。

公開でのセミナー——

柔術の基本的な技術を教え、受講生から受講料をとる。

受講そのものには金がかかるのだが、その受講の風景を眺める分には無料である。その無料の見物人とマスコミ関係者たちで、後楽園ホールの席は全て埋まってしまっていた。

かろうじて、二階からの立ち見の席が空いていて、文平はそこから、このセミナーの風景を眺めているのである。

セミナーの受講者は、六〇人くらいいたであろうか。

これまで、ほとんど格闘技を学んだことなどありそうにない人間が半数。何らかのかたちで、自分の身体を鍛えているらしい人間が半数。

自分の身体を鍛えているらしい人間の中には、曲《くせ》のありそうな人間が十人くらいいた。

柔術が、どれほどのものか、それを試すために、その十人は来ているらしい。

彼等十人は、大人しく受講しているが、そのものごしから、何かをねらっているのがわかる。

柔道、あるいはアマレス、あるいはサンボ、あるいは他の格闘技の経験者で、腕に自信のある者たちだ。

彼等が待っているのは、このセミナーの一番最後にあるスパーリングである。

参加者全員と、ブラジリアン柔術の選手がスパーリングをすることになっている。当然、柔術ルールである。打撃は無しで、組んで、投げて、関節を極めあう。

そこで、柔術を喰ってやろう——そう考えているらしい。

このスパーリングでは、着衣は、道衣を着るのも着ないのも自由。Tシャツ姿でもジャージ姿でもOKということになっている。

〝後楽園ホールに来い〟

志村礼二が言っていたのは、これを見せるためであったのだろう。

ただ、わざわざ来いとあの志村が言った以上は、ここで何かが起こるということなのだろう。そうでなければ、この自分を呼ぶわけがない。

もしかしたら、受講者の中に志村礼二がいるのかとも思ったが、その中に志村の姿はなかった。

しかし、受講者の中にはいなくとも、おそらく会場のどこかに志村はいるはずであった。

何かが起こるとすれば、最後のスパーリングの時であろう。

文平は待った。

5

スパーリングが始まった。

三人のブラジル人が、それぞれ受講者を相手にする。

一対一のスパーリングが、三ヵ所で同時に進行してゆく。

誰が誰の相手をするかが決まっているわけではなかった。負けた受講者が抜け、そこへ次の受講者が入る。それぞれ、相手を倒す時間が違っているから、次の受講者が、どの選手のところへ行くことになるか、前もってわかるわけではない。

受講者が、三人のブラジリアン柔術の選手から次次とタップを奪われてゆく。

ほとんどの受講者が、一分ももたない。始まってほんの三十秒もたったかたたないかのうちに、関節を極められてゆく。その三十秒という時間にしても、かかるべくしてかかった時間とは、文平には思えなかった。

その気になれば、五秒十秒で決着がつく相手を、適当に遊ばせて、きれいな流れを作って、それで極める——文平にはそのように見えた。

腕を、逆十字に極めるケースが多かった。

相手が、多少動けるようだと、首を極める。

いくらか心得のありそうな人間も、その意味ではかわりはない。むしろ、寝技を知っている人間の方が、かえってブラジル人選手の作る流れにはまって、早く極められてしまっているようであった。

心得のある選手が、極められた後、一様にその顔に浮かべるのは、

〝何故、自分が極められてしまったのかわからない〟

という不思議そうな表情であった。

およそ、二十分足らずの時間で、スパーリングが終了するかに見えた。

いよいよ、最後のひとりが、自分の順番を待っている状態となった時、その後方に、ひとりの男が立って並んだ。

観客席の最前列にいた男が、自分も参加したくなって、スパーリングの列に加わった——そんな風に見えた。

さっきまで、受講者の中にはいなかった人物である。

平服を着ていた。

受講者たちの服装はまちまちだが、それでも、トレーナーの上下、あるいは柔道着、短パンにTシャツといった具合に、動き易いものを身につけていた。

しかし、その男の格好は、これから柔術のセミナーを受けようというものではなかった。

黒い男であった。

全身が黒である。

髪が黒く、黒い上着を着ていた。

ズボンも黒。

シャツも黒い。

そのシャツは、首に近い第一ボタンまできっちりとしめられていた。

黒い靴。

黒い靴下。

その皮膚までもが黒い。

陽に焼けて黒いというのではなかった。

皮膚の地の色が黒いのである。

髪は長く、肩近くまであった。

黒い鉄のような男であった。

唇が薄い。

鼻梁《びりょう》も薄く、高かった。

眼は、横にカミソリで切れ目を入れたように細かった。その細い上瞼と下瞼の隙き間に、漆黒《しっこく》の瞳が覗いていた。

「ちょっと——」

係の者が近づいて、その男に声をかけた。

「参加者だよ……」

黒々とした低い声で、男はぼそりと言った。

「久我重明《くがじゅうめい》——」

男は、名を名のった。

「名簿を見れば、名前があるはずだ」

係の者は、尻のポケットから、たたんだ紙を取り出し、それを広げて中を見た。

久我重明——

確かにその名前がある。

「遅れてきたんですか」

「そんなところだよ」

「しかし、その服装では——」

「かまわん。これが、おれの流儀なんだ」

すでに、黒い男——久我重明の前にいた男は、自分の番がきて、前へ歩み出ていた。

その時——

「何かあったのですか」

女の声がした。

係員の横に、女と、背広を着たブラジル人が立っていた。

女は、日本人だった。背広を着たブラジル人の通訳をしているらしい。

「ペドロさん——」

係員の男が言った。

ペドロ・モラエス。

マリオ・ヒベーロが、赤石元一に勝った後、リングに上ってマイクでしゃべっていた男だ。

「こちらの方が、遅れてきて、途中から参加させてもらいたいと言ってるんですが?」

「途中からというと?」

通訳を通じて、ペドロが訊いてきた。

「申し込みをして、参加費もいただいているんですが、この服のままでいいと——」

係員の男が言うと、ペドロは、視線を久我重明に送ってよこした。

久我重明を、しばらく見つめてから、

「オーケイ」

ペドロは言った。

「ノープロブレムだ。本人がいいのなら、どういう問題もない。ジュージュツは、いつでもどこでも、門を大きく開いているからね――」

係員の男は、久我重明に向きなおり、

「だいじょうぶです。参加して下さい。靴だけ脱いでいただければ――」

そう言った。

久我重明は、無言で、黒い革靴を脱いだ。

黒い靴下を履《は》いていた。

この男、おそらく、下着までが黒いのではないか。

その時には、残っていたもうひとりのブラジル人選手の身体が空いていた。

「ヴァリッジ」

ペドロが、そのブラジル人の名を呼び、ポルトガル語で声をかけた。

ブラジル人選手がうなずいた。

「どうぞ」

ペドロが、久我重明に、奇妙なアクセントの日本語で言った。

久我重明は、ゆっくりと歩き出した。

6

久我重明は、静かにそのブラジル人――ヴァリッジの前に立った。

身長、一七九センチ。

日本人としては大きい。

体重は、七十八キロぐらいであろうか。

ヴァリッジは、久我重明よりは身長がない。

一七五センチをいくらか超えているくらいであろう。

しかし、肩幅は広く、胸が厚い。

体重は、久我重明より重そうであった。

黒帯。

観客が、ざわめいていた。

一番最後に、全身黒ずくめの平服姿の男が出てきたからである。

ヴァリッジは、一瞬、とまどったように見えた。

平服姿の久我重明とどうやって組んだらいいのか、どこまでやっていいのか、それを決めかねているようであった。

上着の襟を摑んで投げようとすれば、襟が裂ける。平服で出てくる相手がいけないにしても、金を払って参加した受講者の衣服を裂いていいのかどうか。

久我重明は、ヴァリッジが迷いを見せたその瞬間に、すうっと前に出ていた。

しかし、ヴァリッジは、退《さ》がらなかった。

久我重明をむかえにゆくように前に出て、その胴を抱きかかえようとした。

次の瞬間、久我重明の身体が、すうっと仰向けに沈んだ。

ヴァリッジの右襟を左手で握り、右手をヴァリッジの後頭部に回して、自ら仰向けに倒れ込んだようにも見えた。

つられて、ヴァリッジが上になる。

下になった久我重明の上に、ヴァリッジの身体が被《かぶ》さった。

そのまま、動かない。

この頃には、もうひとりのブラジル人選手も、イワン・ゴメスも、自分の仕事を終えていた。

ふたりは、立って、久我重明とヴァリッジの闘いを眺めている。

しかし、まだヴァリッジは上になったまま動かない。

場内がざわついた。

ペドロが、ポルトガル語で、小さく声をあげて、マットの中央で重なっているふたりに向かって走った。

その時――

ヴァリッジが動いた。

いや、動いたというよりは、滑ったのだ。

ただの肉塊——重さだけとなったヴァリッジの肉体が、久我重明の身体の上から横に滑り落ちたのだ。

まだ、半分自分の上に乗っているヴァリッジの肉体を、横へのけるようにして久我重明が起きあがった。

ヴァリッジは、左頬をマットに付け、顔を横に向け、うつ伏せになったまま意識を失っていたのである。

ヴァリッジは、落ちていた。

ヴァリッジは、その丸い眼を見開いたまま、動かなかった。

いったい、何があったのか。

久我重明が、下から、ヴァリッジの頸動脈《けいどうみゃく》を締め、ヴァリッジを失神させたということなのか。

しかし、どうやったのか。

いつやったのか。

もしも、下から、上になった人間の頸動脈を締めるのなら、久我重明は腕をクロスさせるように、左手で相手の左襟を摑まねばならない。右手は相手の右襟を摑まねばならない。

しかし、久我重明の左手が摑んでいたのはヴァリッジの右襟であり、右手が掛かっていたのは頭部のはずであった。

いったい、何が起こったのか。

ペドロが、膝を突いて、ヴァリッジの頬を叩いている。

ドクターが、その横に疾り寄ってきた。

場内が、どよめいていた。

何者なのか。

この男。

いったい、何をしたのか。

その時、場内が、さらに大きくどよめいていた。

その黒ずくめの男が、右手を持ちあげて、ある男を指差していたからである。

指差されていたのは、イワン・ゴメスであった。

もちろん、観客の全員が、このイワン・ゴメスが、ヘビー級ボクサー、エリック・ジョンソンをチョークスリーパーで倒してのけたことを知っている。

そのイワン・ゴメスを指差して、黒い平服の男が、次はおまえだと指名しているのであった。

7

文平は、戦慄していた。

今、マットの上で何が起こったのか、文平はそれをわかっていたからである。

それを、見た。

いや、見たと思っている。

たぶん、そうではないかと思っている。

確信はない。

確信はないが、それ以外には考えられないからだ。

志村礼二は、これを自分に見せたかったのか。

あの、志村礼二に言われてなければ、おそらく自分は気づかなかったであろう。

志村礼二が、今日、ここへ来るように言ったのだ。

あらかじめ、自分は、ここで何かが起こることがわかっていた。

最後に、あの、黒い平服の男が出てきた時、こいつだ、と文平は思った。

この男が、ここで何かをやるのだ。

そう思って見ていた。

だから、見えたのだ。

いや、正確に言うのならば、はっきり見たのではない。それは、それほど小さく、疾《はや》い動きで行なわれたのだ。

しかも、別の動きによって、みごとにカモフラージュされていた。

カモフラージュされたその動きから推理して、そうやったとしか考えられないから、それが今マットの上でやられたのだと思っているのである。

この会場で、いったい何人の人間がそのことに気づいているのか。

自分を除いては、誰もそれをわかっていないに違いない。

やられた本人でさえ、自分が何で倒されたのかわかっていないかもしれない。

知っているのは、やったあの男本人と、そして、自分だと文平は思った。

いや、もうひとりいる。

それは、志村礼二だ。

あの男は、今、ヴァリッジの身の上にどういうことが起こっているのかをわかっているはずであった。

打撃だ。

文平はそう確信していた。


ヴァリッジは、打撃によってやられたのだ。

しかし、その打撃は、いつ入れられたのか。

仰向けに倒れ込む時に、あの黒い男は、膝を立てた。

その膝の上に、ヴァリッジは落下している。その時に、腹を、膝頭で打たれたのか。

そうではない。

そのことを、文平はわかっている。

もしも、ボディに打撃を受けて倒れるにしても、それでは、意識までは失わない。

胃《ストマック》や腎臓を打たれて倒れても、気絶はしない。

ただ、あまりの痛みと苦しみのうちに、倒れたままのたうちまわるだけだ。

意識を失うのは、脳にダメージを受けた時だけである。

どれだけ苦しかろうと、腹のダメージでは意識を失ったりはしない。

脳にダメージを与えるためには、ひとつには首の頸動脈を圧迫して、頭へゆく血を止めてしまうことが必要になる。

チョークスリーパーなどで、首を絞められると、血が脳へゆかなくなる。脳は、身体器官の中でも、大量に酸素を消費する部位である。その酸素は血が運んでいる。

だから、頸《くび》の両サイドを通っている血管を圧迫されて血流を止められると、脳が酸素不足になって、意識がブラックアウトしてしまうのである。

もうひとつが、頭部への打撃である。

頭部に打撃を加え、頭部が揺れると、頭蓋骨の内側に脳がぶつかるのである。そうすると、脳が痺《しび》れて、しばらく意識がとぎれることになる。

これが、俗にいうKOである。

その打撃が頭部に加えられ、脳が揺らされて、ヴァリッジは動けなくなってしまったのである。

いつ、どうやって、その打撃は加えられたのか。

「あの時だ」

と文平は思っている。

あの男と、ヴァリッジが組んだ時――

あの男は、左手でヴァリッジの襟を取り、同時に右手を相手の首の後ろにまわしただけだ。

左手で、ヴァリッジの右襟を摑んだ時、襟を摑んだ左手の親指の先で、ヴァリッジの顎《あご》の先端を突いたのだ。

そして、ヴァリッジの頭の後ろに右手を回した時に、右手の底――掌底《しょうてい》で、ヴァリッジの左側頭部の上方を、叩いたのだ。

これを、瞬時に、同時にやってのけたのだ。

顎への打撃と、側頭部上方への打撃を同時に加えられたため、顎は左側へ、頭頂部は右側へ、頸椎《けいつい》を支点にして、ヴァリッジの頭部は激しく回転しているのである。

それがわかり難かったのは、その打撃を加えるのと同時に、あの男が、自ら仰向けになって、ヴァリッジを引き込んでいたからだ。

倒れ込んだ時には、もう、ヴァリッジの意識はなかったはずである。

文平が見降ろしているマットの上で、ペドロともうひとりのブラジル人選手、そしてドクターに囲まれていたヴァリッジが起きあがった。

8

ヴァリッジは、久我重明の姿を見つけると、怒りの声をあげて突進しようとした。

その足元がふらついている。

ヴァリッジを、ペドロともうひとりのブラジル人選手が抱えて、突進を止めた。

ふたりに抱えられたまま、ポルトガル語でヴァリッジが叫んでいる。

久我重明は、ヴァリッジの声を、鳥のさえずりほどにも感じていないようであった。ただ、黙って、イワン・ゴメスと向きあっていた。

ヴァリッジの声を聴いていたイワン・ゴメスの顔色が、ふいに変化した。

「おまえ……」

イワン・ゴメスは、久我重明に向かって英語で声をかけた。

「……打撃を使ったのか」

「使ったよ」

久我重明は、毛ほども表情を変えずに英語で言った。

「打撃は禁止だぞ」

その言葉を耳にした時、初めて、久我重明の唇の端に笑みが浮かんだ。唇の両端ではない。左端だ。左側の唇の端が、ほんのわずかに、上に持ちあがっただけであったが、それは、まぎれもない笑みであった。

唇の端に棲《す》んでいる、蟻ほどの大きさの小さな虫が、爪の先を唇の端にひっかけ、耳の方に向かって、ほんのわずかに持ちあげたほどの笑み。

「おまえ、馬鹿か」

久我重明は言った。

「つまらんことを言う……」

久我重明の内部から、ふいにイワン・ゴメスへの興味が失せたようであった。

「帰らせてもらう」

これは、日本語であった。

久我重明は、ゆっくりと、マットの端に向かって歩き出した。

そこに、さっき脱いだままになっていた靴がある。

「待てよ」

イワン・ゴメスの堅い声が言った。


しかし、久我重明は止まらなかった。

「オーケイ」

イワン・ゴメスは言った。

「わかった。あんたとやろう。今、ここでだ。打撃が駄目だとか、睾丸を蹴っちゃいけないだとか、そんなのは無しだ。バーリトゥードでやろう」

その声が、会場に届いた。

会場が、沸きたった。

スパーリングではない、本物の試合——それもバーリトゥードの試合が、今、眼の前で始まろうとしているのがわかったからである。

しかも、無料である。

ペドロがイワン・ゴメスの傍まで走ってきた。

「正気か」

ペドロは言った。

「我々は、ビジネスで日本まで来たんだぞ。ファイトマネーの出ない試合をするためじゃない」

「ファイトマネーなんか、どうだっていい。このまま、この男を帰したら、逆に日本でのビジネスチャンスがなくなるぜ、ペドロ」

イワン・ゴメスが、ペドロを押しのけて前に出てきた。

「やめろ、ゴメス」

しかし、もう、その声はイワン・ゴメスには届いてない。

興奮した観客の声で、ホール全体がふくれあがってしまったようであった。

「やめろ、レフェリーもいないんだぞ」

「レフェリーなど、いらん」

「なに⁉」

「結着は、ギブアップか、片方が失神するかだ」

「ゴメス」

ペドロの声を背に、イワン・ゴメスは、もう、その日本人、久我重明と向きあっている。

久我重明は、どういう構えも見せてはいなかった。

ただ、無造作にそこに棒のように突っ立っているだけであった。

イワン・ゴメスがもう、全身でリズムを取り始めている。

さっきのは、自分たちの負けではない——イワン・ゴメスの眼がそう言っている。

ヴァリッジは、スパーリングだと思っていたのだ。しかも、打撃なしの柔術ルールでのスパーリングであると。

それを、この男は、いきなり打撃を使ってきたのだ。

始めから、相手が打撃を使ってくるとわかっていれば、対処の方法はいくらでもある。そういうことなら、ヴァリッジだって、むざむざ負けたりはしない。

もう、この男に舐めた真似はさせない。

イワン・ゴメスが、左に回り込んでゆくと、それに合わせて、久我重明が、自分の身体の正面をイワン・ゴメスの方に向ける。ゴメスが右へ動けば右へ。

隙がない。

しかし、久我重明は、ただそこに立っているだけだ。立ち方だけで見れば、隙だらけのようでもあった。

イワン・ゴメスは、半歩踏み込み、自分の左足で、久我重明の左膝を蹴るような動きを見せた。

横から回す蹴りではない。

正面からの、前蹴りに近い蹴りである。

その蹴りが、当たらない。

いや、当てる気がないのだ。

相手の動きを誘い、隙を作らせようとするための蹴りだからだ。

久我重明は、どういう動きもしない。

ただ、イワン・ゴメスが動く方向に向けて自分の身体の軸を回しているだけである。

と——

ふいに、イワン・ゴメスが、これまでとは違う動きをした。

いきなり、動きの速度を速め、右へと素速く回り込む動きを見せておいて、その逆の左方向に動いたのである。

それだけではなかった。

最初に見せた右への動きもフェイントならば、その動きを逆の左へチェンジしてみせた動きもまたフェイントであった。

イワン・ゴメスの真のねらいは、正面であった。

正面から、イワン・ゴメスは、胴タックルに行ったのである。

しかも、相手の打撃の当たる距離を、イワン・ゴメスは、きっちりと自分の頭部をガードして通過したのである。

遠い距離にいる時は、打撃は当たらない。

逆にまた、対戦相手との距離が近すぎるというのでも、打撃は当たらない。

打撃というのは、基本的に、相手と自分との距離が必要である。

密着して組んでしまえば、もう、打撃の距離ではなくなってしまう。

しかし、組むためには、相手に近づかねばならない。そのおりに、ほんの一瞬、打撃に有利な間合を通過することになる。

その危い地帯を通過する時、イワン・ゴメスは、自分の頭部を、両腕でガードしていたのである。

その時も、久我重明は反応しなかった。

あっさりと、久我重明は、胴タックルに入られていたのである。

相手の身体に、イワン・ゴメスは、自分の頰を寄せ、頭部を打撃からの安全圏に置いた。

その体勢で、イワン・ゴメスは、足をからめてきたのである。

久我重明が、仰向けに倒れた。

その瞬間に、もう、イワン・ゴメスは、その両足で、久我重明の身体に跨《また》がっていた。

マウントポジション——

このポジションを取り、上から拳を打ち降ろせば、あっさりと勝負がつく。

イワン・ゴメスが、久我重明を上から殴ろうとしたその瞬間、久我重明は、ブリッジで腰を浮かせ、自分の上でマウントポジションをとっていたイワン・ゴメスのバランスを狂わせた。

イワン・ゴメスが、倒れまいと、バランスを取ろうとするのに合わせ、久我重明が、下から、初めて攻撃をした。

高い、ぞっとするような悲鳴があがっていた。

9

その悲鳴は、イワン・ゴメスの口からあがったものであった。

眼を覆《おお》いたくなるような光景がそこにあった。

久我重明の右手の人差し指が、イワン・ゴメスの左の鼻の穴に、深ぶかと根元まで突っ込まれていたのである。

久我重明が、ブリッジをして、イワン・ゴメスのバランスを狂わせようとした——その時に、イワン・ゴメスは、みごとにバランスをとった。しかし、その時、上体が一瞬、前かがみになり、頭が下がったのである。

普通、マウント状態になった時、上になった人間の顔面に、下になった人間のパンチは届かない。

下になった者が、上になった者にパンチを当てるには、上になった者の顔をもっと下に下げねばならない。

だが、いくら下になった者のパンチが、上になった者の顔面に届くような距離になったとしても、下から当てるパンチは、その威力が半減する。

久我重明が、下から、右のパンチをイワン・ゴメスの顔に当てにいったように、観客には見えた。

しかし、そうではなかった。

久我重明のその右の拳からは、一本の人差し指が突き出ていたのである。その人差し指が、イワン・ゴメスの鼻の穴の中に、潜《もぐ》り込んだのだ。

しかも、久我重明は、イワン・ゴメスが頭部を後方にのけぞらせて、攻撃から逃《の》がれようとするのを防ぐために、その後頭部に左手を回して、その頭部を固定していたのである。

悲鳴はあげたが、しかし、ゴメスは闘いをやめたわけではなかった。悲鳴をあげながら、狂ったように、久我重明に拳を打ち下ろしてきた。

しかし、それは、久我重明には当らなかった。

久我重明が、ゴメスの鼻の中で、人差し指を鉤状に曲げてフックし、おもいきり横にその手を振ったからである。

これに耐えられる人間はいない。

ゴメスは、久我重明の上から、横に薙《な》ぎ倒された。

その時には、もう、久我重明は立ちあがり、仰向けになったゴメスの顔面に、無造作に右膝を落とした。

めじっ、

といやな音がした。

鼻の軟骨が潰れる音だ。

その膝を、信じられないことに、ゴメスが下から両手で抱えてきた。


ほう!?

わずかに驚いたような表情を作ってみせ、久我重明は、右手を、仰向けになったゴメスの股間に伸ばした。

握った。

迷いも何もない。

股間に手を伸ばし、摑み、握る——それだけの動作だ。

獣が殺される時のような、不気味な声がゴメスの唇から迸《ほとばし》った。

ゆっくりと、久我重明が立ちあがる。

ゴメスが、股間を押さえ、マットの上に倒れたまま白目を剝《む》いて痙攣《けいれん》していた。

口から、血の泡を吹いている。

ブラジル人たちがゴメスに駆け寄ってくる。そのうちの何人かが、激しい声で久我重明をののしっている。

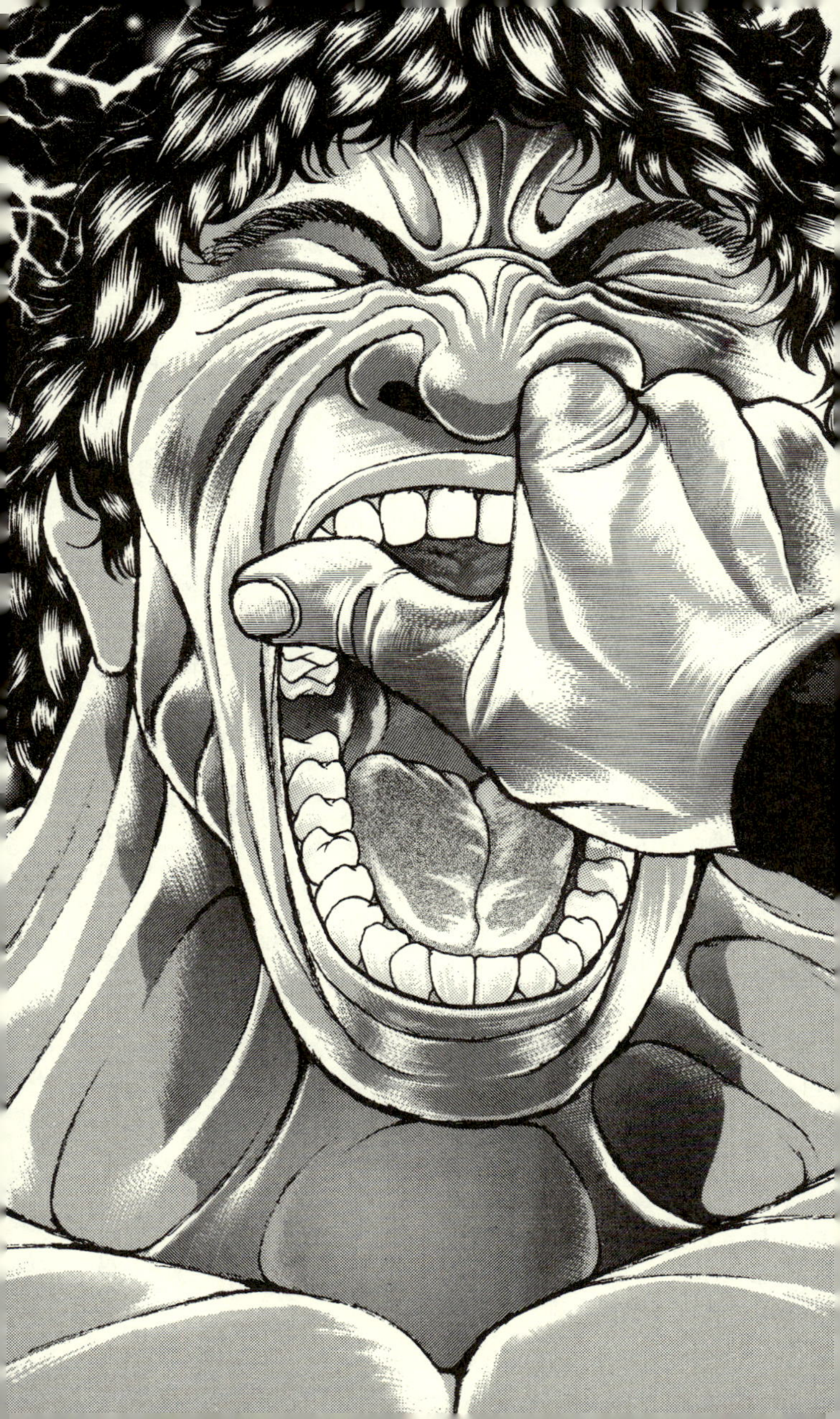

関係者が、ブラジル人たちと久我重明との間に何人も割って入り、壁を作っている。

その騒ぎの中で、久我重明が悠然と靴を履いている。

幾つものストロボが焚《た》かれた。

久我重明が、会場を出てゆく。

何人かのカメラマンが、その後を追ってゆく。

二階の、加倉文平からは、すぐにその姿が見えなくなった。

これか――

と文平は思っている。

これを、志村は自分に見せたかったのか。

10

たくさんの人間と共に、加倉文平は、後楽園ホールのある建物から吐き出された。

十月の夜気が、興奮で火照《ほて》った文平の身体を包んだ。

周囲の人間たちの持つ熱気が、ゆるゆると大気の中に拡散してゆく。

若い男たちが、今、後楽園ホールで見たばかりのできごとについて、熱っぽい声で会話している。

そういう人間たちのまわりに残っている熱気が、夜気の冷たさに混じって、時おり文平の肌に触れてゆく。

何故、あんなことをしたのか。

文平は、そう考えている。

鈍い色を放つ、鉄。

黒い凶器。

触れるだけで、怪我をしそうな男。

あれは、はじめから計画的であった。

偶然にああなったのではない。

あれは、最初から最後まで、あの男が書いたシナリオだ。

思い出すだけで、腹の底から震えそうになってくる。

いやな、嫌悪感を催すようなものを見てしまったという感覚。

同時に、とてつもないものを見てしまったという感覚。

武道というのは、ああいうものを目指すものなのか？

文平は自問している。

違うのか。

そうなのか。

幾らバーリトゥードとはいえ、ゴメスがあそこでやろうとしていたのは、結局、ルールのある闘いであった。

しかし、あの、全身黒ずくめの男は、そういうルールなど、始めから無視をしていた。

眼を突いてはいけない。

嚙みついてはいけない。

このふたつが、基本的なバーリトゥードの禁止事項である。ルールというならこれがルールだ。

その意味から言えば、鼻の穴に指を根元まで突っ込むのは、ルール違反ではない。

睾丸を握り潰すのも、ルール違反ではない。

しかし、それは、たまたまだ。

あの男が、ルールを守ろうとしていたとは思えない。

そこに、そもそもの差があったのだ。

しかし、あのような状況で、人が、あそこまで平然としていられるものなのか。

もし、他にそういう男がいるとするなら、文平は、ひとりだけ心あたりがある。

羽柴彦六――

文平の師である。

文平の父である、将棋指し——真剣師・加倉文吉の友人だ。

あの羽柴彦六ならば、同じことをやってのけることであろう。

いや、彦六ならば、あんなことはやりはしない。しかし、その気になれば、できるだけの実力があるだろう。

文平は、彦六に魅かれて、武術を学ぶようになった。

北辰館《ほくしんかん》に入門したのも、彦六の勧めがあったからだ。

昔に比べれば、ずい分自分の実力もあがったと思っている。

そこそこの自信もある。

しかし、彦六と手を合わせた途端に、その自信が消えてしまう。

彦六の底が見えない。

ここまで、修行すれば——

いつもそう思い、やっとここまできたとも思い、久しぶりに会った彦六と手合わせをする。

すると、以前とまったく同じ距離を、自分と彦六との間に感じてしまうのである。少しも彦六との距離が縮まっていない。

「強くなったなあ、文平——」

彦六は、いつもそう言ってくれるが、少しもその実感は湧いてこない。

文平は、階段を昇り、水道橋の駅へ続く歩道橋へと足を進めていった。

周囲のほとんどの人間が、しばらく前まで後楽園ホールにいた連中であった。

水道橋方面にゆく人間たちの方が、圧倒的に数が多い。

逆方向に歩いてくる人間はごくわずかだ。

太い人の流れが、駅方面に向かって動いてゆく。

その太い流れの中央に、動かない岩があった。

太い流れにも、逆方向の細い流れにも属さない、岩。

ひとりの人間が、歩道橋の中央に立って、後楽園ホール方面からやってくる人間たちに顔を向けている。

歩道橋に足を踏み入れて、ほんの数歩で、文平はその人間に気がついた。

男。

知った顔であった。

志村礼二であった。

志村礼二は、歩道橋の中央に立って、前からやってくる文平に、刺すような視線を注いでいた。

刃物で裂いたような笑みを、その唇に浮かべていた。

数メートル手前で、文平は立ち止まった。

後ろから歩いてきた男が、文平の背にぶつかりかけ、

「いきなり止まるなよな」

吐き捨てるようにつぶやいて、横を通り過ぎていった。

しかし、そういう言葉も、文平は気にならない。

文平は、そこに立ったまま、志村と見つめ合った。

まさか、このような場所で、志村がいきなり何かを仕掛けてくるとも思えないが、文平は自然に距離をとっている。

「見たな」

志村が、押し殺した低い声で言った。

その声が、微かに震えているような気がした。

「ああ」

文平もまた、低い声で答える。

また、沈黙。

志村の身体が、細かく震えているように見える。

「あれを見せたかったのか」

文平が問うと、志村は唇を開きかけ、すぐにまた唇を閉じた。

何かに耐えているように、唇を堅く結ぶ。

「そうだ」

志村は、やっとそう言った。

その声が、また震えた。

そこで、ようやく文平は気づいていた。

「志村、おまえ……」

志村は、興奮しているのだ。

肉体も、精神も。

その興奮を無理に押し殺そうとしているため、声や身体が震えているのである。

「ぞくぞくしたろう、文平」

志村は言った。

文平は、うなずかなかった。

確かに、志村の言う通りであった。

あの闘いに、嫌悪感を覚えている自分もいるかわりに、肉のどこかで、あれに共感を覚えている自分もいるのである。

しかし——

あれを、自分は目指そうとは思ってはいない。

同時に、自分が目指しているのは、あれにやられてしまうような技術や思想でもない。

あれではないが、あれに勝てるもの。

あれに、やられないもの。

そういうものでなければならない。

そうでなくて、何の武術か。

そう考えている自分がいる。

妙なことであった。

あれを見ることによって、自分の内部の何ものかが、かえって鮮明になったような気がする。

あれではないもの。

しかし、あれに勝てるもの。

それを、文平はまだ名づけられない。

まだ、言葉にできない。

「おれが今やっているのは、あれだ」

志村は言った。

そういうことか。

文平は、ふいに呑み込めた。

今夜の意味を。

志村が、何故、後楽園ホールに来いと言ったのかを。

自分の言った言葉が、文平の肉体にゆっくりと沁《し》み込んでゆくのを待つように、志村は沈黙した。

「何故、あんなことを……」

文平は訊いた。

「おれには関係がないね」

志村は言った。

「関係ない？」

「極道の連中が、あれで何を考えてるかなんて、おれにはどうでもいい」

「極道？」

「自分で考えろ」

言って、ふいに、志村は背を向けた。

太い流れに身をまかせるようにして、志村は歩き出した。

文平は、それを立ち止まったまま見つめていた。

去ってゆく志村の肩が、小さく震えていた。

二章　外道の牙

1

「四人か……」

つぶやいたのは、木原正之であった。

「もう少しいるかと思ったが、まあ、考えてみれば、おまえたち四人以外の人間が来ても、脱落していくだろうから、これがベストメンバーというところだろう」

フジプロレス下北沢道場の一階――リングが組まれたトレーニング・ルームであった。

そこに、五人の人間がいた。

ひとりは背広を着てネクタイをしているが、残った四人は、いずれもTシャツ姿であった。

背広を着ているのが、フジプロレスの営業本部長木原正之であった。

その前にいる男たちは、身長も体重もまちまちであったが、体格が並はずれていた。

木原自身、平均的な日本人よりは、身長も体重もあるが、四人の男たちはいずれも、その肉の規格が特注品であった。

四人とも、無言で木原の前に立っている。

赤石元一、二十五歳。身長一八八センチ。体重一一二キログラム。

沖田伸行、二十五歳。身長一八〇センチ。体重一〇八キログラム。

内藤論、二十七歳。身長一八三センチ。体重一〇五キログラム。

室戸武志、二十一歳。身長一九〇センチ。体重一三二キログラム。

むっとするような肉の圧力が、この男たちの身体から滲《にじ》み出てきている。同じ部屋の中でも、この男たちの周囲は、他の場所より二、三度は温度が高そうであった。

赤石元一は、武林館館長赤石文三の息子であった。幼い頃から空手の経験を積み、フジプロレス入りをした。プロレスに入ってからは、ヨーロッパに生まれたランカシャースタイルのキャッチ・アズ・キャン——関節技を学んでいる。

沖田伸行は、アマチュアレスリングのフリースタイルの経験者だ。

大学生の時に、所属する階級の全国大会で優勝している。オリンピックの強化選手に選ばれる寸前、木原にくどかれてフジプロレスに入った逸材である。

内藤論は、柔道出身であった。

オリンピックに出場し、銀メダルまで取った男だが、その筋の男たちと新宿で乱闘し、それが新聞ネタになり、柔道の世界にいられなくなって、フジプロレスに入っている。

他の格闘技の経験を一切持たずにフジプロレスに入ったのが、室戸武志であった。

父親が、相撲からプロレス入りした、元プロレスラーの室戸十三《じゅうぞう》である。

四～五歳の頃から十三に苛《いじ》め抜かれており、身体だけは十分にできあがっている。

フジプロレスに入って、ようやく一年が過ぎたところであった。

「しばらく前にも言ったが、おまえたちは、もう通常の興行には出なくていい。徹底的に鍛えて、徹底的に強くなる――それだけを目標にすればいい。その間、会社がおまえたちを喰わせてやる」

わかったか――。

そう言うように、木原は男たちを見た。

「内藤――」

木原は、視線を内藤の上に止めた。

「おまえは、アメリカだったな」

「押忍《おす》」

「むこうには、ブラジリアン柔術の道場が幾つもある。おまえが柔術を学びたいというのはおれも賛成だ」

「押忍」

内藤が、低い声でうなずく。

もともと、柔道というジャケット競技をやっていた内藤は、柔術を徹底的にやってみたいと言い出したのである。

「おれは、あれに勝つためにどうすればいいかを、おまえたちに教えてやることはできない。どうすればいいかを考えるのは、おまえたちだ。おまえたちがどうしたいかを言えば、会社が、それに協力してやる――」

木原が、次に視線を止めたのが、沖田であった。

「おまえは、もう一度、アマレスか」

「はい」

沖田がうなずいた。

「タックルの勉強を、一からやりなおしてきます」

「そうか、タックルか」

「はい」

バーリトゥードのポイントは、タックルである――。

そう言いだしたのは、沖田だった。

相手にタックルさせない。

タックルにきたら、それを全て切る。

それさえきっちりできれば、

「あいつらには負けません」

沖田はそう言った。

柔術のタックルは、アマレスのタックルとは違う。

それは、道衣を着ていることも影響しているし、ルールも影響している。

バーリトゥードでは、柔術のタックルよりは、アマレスのタックル技術の方が、応用性が高い――それが沖田の判断であった。

アマレスのタックルを、バーリトゥード用に改良して、その技術さえしっかり身につければ、ポジション取りで負けることはない。

ポジション取りで負けない自信がつけば、あとは、自分の武器として打撃を選ぼうが、サブミッション(極め技)を選ぼうが、それは選手の個性でいい
――沖田はそう考えたのである。

沖田はかつて自分が在籍していた大学のレスリング部のトレーニングに参加しながら、そこでタックルの技術を完璧にしてくるつもりであるという。

次に、木原は、視線を赤石に向けた。

木原が口を開くのより先に、

「木原さん――」

赤石が先に口を開いた。

「何だ」

「昨日のスポーツ紙を見ましたか」

赤石が、堅い声で訊いた。

「見たよ」

木原はうなずいた。

「ゴメスがやられたそうだな」

それは、後楽園ホールでおこった事件であった。

一昨日の夜——。

後楽園ホールで、ブラジリアン柔術の公開セミナーが行なわれた。

その時、一般参加者の男に、ヴァリッジと、イワン・ゴメスがやられたというのである。

ヴァリッジは柔術ルールで、イワン・ゴメスは、バーリトゥードルールでその男に負けた。

柔術ルールで、その男は打撃をわからぬように使い、バーリトゥードでは、かなりえげつない技で、イワン・ゴメスを倒したらしい。

それが、あちこちのスポーツ新聞に書かれているのである。

その一般参加者の名前は、久我重明。

わかっているのはそれだけだった。

どういう流派で、どういう実績を残しているのか、そういうことが何もわかってはいなかった。

主催者側に残っている久我重明の住所はでたらめで、その住所には、別の人間が住んでおり、久我重明などという男は知らないと、その人間は答えたという。

「木原さんは、この件について、どう思ってるんです?」

「この件?」

「久我重明という男が、イワン・ゴメスを倒した件ですよ」

「世の中には、こういう男もいるものだと思ったよ」

「こういう男?」

「危険な男ということさ」

「しかし、ゴメスに勝ちましたよ」

「たいした男だ。そう思う。しかし——」

「しかし？」

「それだけだ」

「どういう意味ですか？」

「人から、金をもらって見せることのできないやり方だよ、これは――」

「――」

「マウスフック。ノウズフック。鼻の穴にみりみりと指を突っ込む。そういう試合を客に見せられるか？」

「何故、知ってるんですか」

赤石が訊いた。

「何故？」

「おれは、スポーツ新聞はひと通り眼を通しましたよ。どの新聞にも、鼻の穴に指を突っ込んだことまでは書いてなかった……」

「現場にいた記者から聴いたんだよ」

「本当に？」

赤石の声が、小さくなった。

「何が言いたいんだ、赤石」

「木原さんは、この久我重明という男のことを知ってるんじゃありませんか」

「――」

木原は、答えずに口をつぐんだ。

「やはり、知ってるんですね」

「――」

まだ、木原は答えない。

口に苦汁を含んだような顔で、赤石を見つめている。

「朱雀会に、久我重明という凄腕の人間が飼われているという話は、耳にしたことがあります」

「――」

「知っているんですね」

「知っている……」

ぼそりと、木原は言った。

「いったい何だったんですか。何で、久我重明が出てきたんですか」

「――」

「教えて下さい、木原さん」

赤石の声は、堅く強《こわ》ばっていた。

「会社にも、色々な考え方をする人間がいるということだ」

「会社?」

「うちの会社だよ」

「この一件には、うちがからんでるんですか――」

「半分はな」

「半分?」

「――」

また木原は押し黙った。

「言って下さい、木原さん。黙ってたんじゃ、何のことだかわかりませんよ」

赤石に言われ、覚悟を決めたように、木原は息を吐いてそれを止めた。

また息を吸い込んでから、木原はようやく語り出した。

「いいだろう」

木原は、自分で自身の言葉にうなずくように言った。

「こういう時に、当事者であるおまえたちに何かの隠し事をしてたんじゃ、はじめからおれたちの計画はうまくいきっこない」

木原は赤石を見やり、

「最近、うちの興行収益が落ち込んでいる」

はっきりと言った。

「おれが、マリオに負けたからですね」

苦いものを嚙むような声で、赤石は言った。

「まあ、半分はそういうことだ」

「半分?」

「うちも困るが、試合を仕切っているところだって困るってことだ」

「朱雀会ですか」

「そういうことだ」

「あんな賭をやっておいて――」

「うちがやらせたんじゃない。むこうが勝手にやったことだ」

「今度のことは？」

「うちがやらせたわけではないが、上のものは知っていたということだ」

「上のものと言うと？」

「わたしから社長までの間にいる人間は全部ということだ」

「――」

「彼等は勢いに乗り過ぎた。少し叩いておく必要があると、朱雀会は考えたということだな」

「馬鹿な」

「ああ。馬鹿なことだ」

「あんなことをやったって、うちの評判があがるわけじゃない。客がもどってくるわけじゃない」

「その通りだ。リングで、我々が勝ってこそ、意味があることだからな」

木原の言葉に、赤石はしばらく沈黙した。

「どうした？」

「しかし、勝ちました」

「ああ、勝った」

「久我重明の分は、やらせはないんでしょう？」

「ない」

「どういう男なんですか、その男」

「古武道をやっているらしい」

「古武道？」

「詳しいことまではわからん」

「――」

「何を考えている、赤石」

「――」

今度は、赤石が沈黙する番であった。

「さっきも言ったが、奴がやっているのは、殺し合いの技だ。客に見せられるようなものじゃない」

「しかし、勝ちました……」

赤石は、つぶやいた。

石のように堅い声だった。

「赤石――」

木原は言った。

しかし、赤石は答えなかった。

2

リングの下で、室戸武志は、黙々とヒンズースクワットをやっている。

木原が帰り、沖田が帰り、内藤が帰り、赤石が帰った後であった。

同じ場所に立って、しゃがみ、立ちあがり、またしゃがみ、また立ちあがる。

この単純な動作の繰り返しがヒンズースクワットである。

シンプルな運動だが、かなりきつい。

特に、身体の大きな選手、体重のある者にとっては辛い。膝にも負担がかかる。

一〇〇回、二〇〇回、一〇〇〇回、二〇〇〇回という数ではない。千回、二千回という回数をこなす。

夏は、冷房を止め、わざと窓を閉めきってトレーニングをするため、床に汗の水溜りができたりする。

単純作業であり、時間もかかる。二時間、三時間、ぶっ続けでこの運動をするのは、体力筋力の他に、精神力も必要になる。

武志は、この運動が、どちらかと言えば、あまり嫌いではなかった。

一回、一秒かかっても、二秒はかからない。

その無限の繰り返しに、武志の精神は耐えることができた。

小さい頃から、身体を苛めることには慣れている。苦痛に対する耐性があるのである。

入門して、一年。

まだ、デビューはしていない。

専《もっぱ》ら身体作りと、受け身の練習が主であり、その合い間に、技を教わる。

タックル。

関節の取り方。

そういうものを教わった。

プロレス的な派手な技や、パフォーマンスについては、一切教わってない。

武志の周囲にいる男たちは、武志に基本を教え込もうとしたのである。

沖田、内藤、赤石がよく武志の面倒を見た。

面倒を見るといっても、手とり足とり教えるというよりは、ただひたすら、技を掛けてくるのである。

身体と身体のぶつかりあい、力と力の比べ合いのみであれば、武志は相手が誰であれ、対等以上のことができる。

しかし、腕や脚の関節の取り合いや、タックルの取り合いになると、やはり彼等には敵わない。

関節技は、最初、おもしろいように彼等に決められた。

毎日毎日、その繰り返しだった。

地方巡業についてゆくと、試合前のリングの上で練習をする。

沖田、内藤、赤石の三人は、その練習を欠かしたことがない。

他の若手も参加したりするが、三人のやり方には付いてゆけない者が多い。

関節を極められるのは、痛みをともなうし、何よりも、極められてタップをするのは屈辱だった。

先輩の選手であれ、いったんスパーリングとなれば、この三人は手加減をしない。

自然に、先輩の選手は、この三人とスパーリングをするのを避けることになる。

そこまでやることはない――。

そう考えている選手もいる。

どうせ、リングでは、どちらが勝ったの負けたのを、本気で比べ合うわけではない。

強さは必要だが、それはプロレスの一部であり、リング上で比べあうのはもっと別のものだとわりきっているレスラーがほとんどである。

一日に、ほんの何度かバーベルやダンベルを持ちあげ、それでトレーニングを終了してしまう選手もいる。

そういうことすらやらない選手もいる。

若手以外は、皆、自分の肉体にしろ技にしろ、自己管理である。

なまけようと思えば、幾らでもなまけることができるのである。

この三人は、そうではなかった。

沖田、内藤、赤石の三人は、己れの肉体の強さに対する信仰を捨てていなかった。

この三人に、武志は可愛がられたのである。

どんなに関節を極められても、何度投げられても、決して武志は音《ね》をあげなかった。

「お願いします」

やられたすぐあとに、そう言ってまたむかってゆくのである。

「お願いします」

何度やられても、鼻血を出しながら、向かってゆく。

試合前のリングは、ほぼこの四人が独占するようになった。

他の選手も混じるが、あまりスパーリングはやらない。

自身のメニューをこなし、リングを下りてしまう選手が多い。

一年間、関節技を掛けられているうちに自然に、武志は関節技にかからなくなった。

「おい、わかるか」

赤石にそう言われたことがあった。

「何ですか」

「昨日まで、おまえにかかってた技が、今日はかからなくなっているぞ」

自分では意識していなかった。

何度も掛けられているうちに、自然にその技からの逃げ方を覚えてしまったのだろう。

自覚はなかったが、そう言われれば嬉しかった。

しかし、次の瞬間には、同じその技にかかってしまう。

極められたかたちで、

「どうだ」

赤石に問われた。

「極めたかたちは同じだが、別の入り方をしたんだ」

なるほど、最終的に関節を極めたかたちは同じでも、そこまでのもっていき方が違うと、別の技と同じということか。

そういうことが、自然とわかってくる。

それを、一年。

最近では、どういう技もなかなか極められなくなってきたし、自分から関節技を、掛けることができるようになってきた。

この三人以外なら、まず、関節技を極められることはない。スパーリングの時に、逆にこちらからしかけて、極めたこともある。

たまに、赤石が、武林館スタイルの打撃を教えてくれたりもする。

それが、毎日であった。

打撃まで入れた時、実力的に突出しているのが赤石であった。

寝技のみなら、内藤が一番であり、タックルのうまさでは沖田が一番。

そういうメンバーであった。

試合前のリングでのスパーリング——。

一番年長の内藤が、自然にフジプロレス内に作りあげたスタイルと空間であった。

自然に、武志を含めたこの四人のことを、フジプロレス内部では、内藤組と呼ぶようになっていた。

武志は、黙々とスクワットを続けていた。

自分の肉体を苛めぬかないと、夜、眠ることができないのである。

力が余ってしまう。

武志は、嬉しかった。

四人一緒に、新しいことができる——。

それは、武志の望むところであった。


試合前のリングでのスパーリング——道場でやっていることを、そのまま客の前でやることができるようになればいいとは、前から考えていたことであった。

完全実力主義——。

そういうリングが生まれるなら、そこで自分を試してみたかった。

自分は不器用であり、プロレスをうまくやってゆけるかどうか、不安でもあったのである。

習ったことを、リングでやることができる——単純にその方が自分にとってはやりやすかった。

いつもより、身体が火照っている。

頭に浮かんでくるのは、一カ月前のあの光景であった。

赤石が、マリオに馬乗りになられて、上からパンチを浴《あ》びせられている——。

スクワットをしていても、そのシーンが頭から離れない。

しかし、赤石の敗北によって、このフジプロレスに、新しいものがもたらされたのだ。

その新しいものに、自分は今参加しているのだと思う。

そして、その新しいことが、自分にとっては嬉しいのである。

自然に、スクワットのペースが早くなっていた。

その時——。

「おい、室戸——」

武志の背後から、声がかかった。

3

室戸武志が後方を振り返ると、入口のドアが開いていて、そこに、赤石元一が立っていた。

ジーンズにTシャツ姿だった。

「やっぱり、まだ帰らなかったのか」

言いながら、赤石はドアを閉め、ゆっくりと近づいてきた。

「はい」

武志はうなずいた。

「何のかんのと言っても、おまえが一番熱心だな」

武志の前で足を止め、赤石は言った。

「身体を動かすの、好きスから」

短く、ぼそりと武志は言った
本当のことであった。

身体を動かし、汗をかくことが好きであった。

他に、特別にやりたいことがあるわけではない。

道場の裏手に、フジプロレスの寮がある。

元、木造のアパートを、フジプロレスが買いとって寮として使っている。そこに、若手のレスラーが入っている。入っているレスラーの半分は新人。残りの半分は、まだデビュー前の新人ですらない人間たちだ。

武志も、その寮に入っている。

入門してきても、練習がきつくて、一週間で逃げ出してゆく人間もかなりいる。わずか一年で、デビュー前の若手の中では、武志は古株になってしまっていた。

武志より古い人間は、いずれもすでにデビューを果たしている。

武志自身も、そろそろデビュー戦が組まれるかどうかという時期であった。

そういう時期に、赤石が負け、内藤組がそっくりそのまま、フジプロレス内の対バーリトゥード戦要員となってしまったのである。

武志は、寮にもどっても、することはない。テレビを観るのも、それほどおもしろいとは思っていないし、飲みに出たり、遊びに出たりするのも苦手である。

本や雑誌を読むわけではない。

それで、つい、身体を動かしてしまう。

武志にとって、食事を作ったり、洗濯をしたりする時間の他は、寮は眠るためだけにあるような施設であった。

道場が近くにあるので、ここで練習をする。

とにかく、筋肉を使っておかないと、夜、眠れないのである。筋肉をぱんぱんになるまで、酷使しておかないと眠れない——運動中毒。

小さい頃から、肉体を苛《いじ》めてきたため、そういう身体になってしまったのである。

だから、今も、道場でただひとり、汗を流していたのである。

どれだけ身体を使っても、ひと晩寝れば、嘘のように疲労は消えて、けろりとしてしまう。

「オーバーワークにならんようにな」

そう注意されたこともあるが、自分にはそのオーバーワークがないのではないかと武志は思っている。

筋肉の量を増やすためには、一度、筋肉を破壊しなければならない。

筋肉を破壊するのは、簡単である。筋肉に強い負荷をかければいい。重いものを持ちあげれば、それで、筋肉細胞が破壊される。

ダンベル・カール、ベンチプレス、腕立て伏せ――何でもいい。強い負荷をかけて筋肉を使用すれば、その使った筋肉が破壊される。いったん破壊された筋肉が再生する時には、前より強い、太い筋肉となる。

筋肉を太く大きくするには、この筋力トレーニングを効果的にやればいい。

たとえば、一度破壊された筋肉が元にもどるには、二日ほどかかる。

この二日間は同じ筋肉を使う運動を避けねばならない。トレーニングで一度破壊された筋細胞が元にもどる前に同じトレーニングをやると、筋肉がさらに破壊され、かえって筋肉が小さくなってしまうことがある。

これが、オーバーワークである。

だから、普通、毎日トレーニングをする場合、一日目と二日目とで、メニューをかえたりすることになる。同じ筋肉を、二日続けて使用させないためだ。

しかし、そのオーバーワークになったことが、武志にはない。少なくとも、自分の実感としてはない。

「おい、武志――」

赤石が言った。

「つきあわせたいところがあったんだがな」

「つきあわせたいところ?」

「それでもどって来たんだ。しかし、おまえのトレーニングしている姿を見たら、ちょっと気が変わった」

「――」

「スパーリングをやろう」

「スパーリングを?」

「そうだ」

言いながら、赤石は靴を脱ぎ始めた。

素足になって、ジーンズにTシャツ姿のまま、赤石はリングに上がった。

「来いよ」

リングの下で、武志はとまどっている。

「はい」

とまどいながらうなずき、武志はリングに上がった。

リングシューズは履いていない。

素足であった。

赤石と同様に、Tシャツを着ているだけだ。

トレーニング用のパンツを穿《は》いている。

ぬうっと、武志がそこに立った。

二十一歳になるが、朴訥《ぼくとつ》な、少年のような表情が、まだ顔のどこかに残っている。

身長、一九〇センチ。

体重、一三二キロ。

その肉体が立っただけで、リングのマットが沈む。

赤石の身長は、一八八センチだ。

武志よりは、二センチ低い。

体重は、一一二キロ。

身長と体重のバランスがよくとれている。

武志は、赤石より二〇キロ重い。

荒く削った岩のような肉体であった。

ウェストは、太く締まっている。

その下から生えている大腿《だいたい》部は、並の女の胴ほどもある。

太くて硬い骨の周囲を、筋肉の束が分厚く覆っているのである。

その筋肉の上に、薄く脂肪が被さっている。

「いくぜ」

赤石は、両手を上にあげて、アップライトの構えをとった。

武志は、またとまどった。

いつもは、スパーリングと言えば、基本的にはレスリングのスパーリングのことである。

組んで、投げて、ポジションを取り合って、関節を極め合う。

打撃のスパーリングの時は、手にグローブを嵌める。

ボクシング用のグローブだ。

最近は、指の出るオープン・フィンガー・グローブを付けるが、素手のスパーリングで打撃を使うことは、これまでになかった。

赤石がスパーリングをやろうと言った時、武志は、それはレスリングのスパーリングであると思った。

だが、この構えは、明らかに打撃ありのスパーリングということではないか。

武志は、どうしてよいのかわからず、そこに突っ立ったままのかたちになった。

「シッ!」

赤石の右足がマットを蹴って浮きあがり、武志の左足の、太股の外側を叩いた。

しなりのある、切れのいいローキックであった。

本気だ。

武志は、その一発で、赤石が本気で蹴ってきていることがわかった。

少なくとも、力だけは本気だった。

いきなり顔面をねらってきても、おそらく、その蹴りは入ったであろう。

このスパーリングに対して、心の準備のない武志には、ハイキックだって最初の一発を入れることができる。

しかし、ハイには来ないで、ローで来た。

力いっぱいの、手抜きのない蹴りだ。

〝本気でやるぞ〟

そういう合図のような蹴りであった。

武志は、腰を落とし、両肘を曲げ、両拳で顔面をガードした。

前へ。

その瞬間に、正面から、腹に太い蛇のように入り込んできたものがあった。

赤石の左足であった。

どん、
武志の腹筋の上で、強い力が爆発した。

前蹴りだ。

組みに行こうとしたのだが、今の前蹴りで間合をはずされ、距離を作られた。

前へ出ようとする武志の重量を、前蹴りひとつで赤石が止めたのである。

しかし、武志はガードを下ろさない。

下ろせば、次は、顔面に向かって、パンチが飛び込んでくるからだ。

かまわず、前に出た。

タックル。

赤石の左足を抱えにゆく。

その瞬間、顔面に膝を当てられた。

武志がタックルにゆくタイミングを読んでいた攻撃であった。

それでも、武志は、膝蹴りにきた赤石の左膝を両手で抱え込んでいた。

マットに残った右足を刈って、赤石を倒そうとしたが、それより早く、赤石は右足でマットを蹴り、武志の太い胴を両脚で挟んできた。

赤石が、マットの上に仰向けに倒れ込んでゆく。

武志が倒したのではない。赤石が自らマットの上に仰向けになったのだ。

武志の身体が、その上に被さってゆく。

粘っこい、寝技の攻防が始まった。

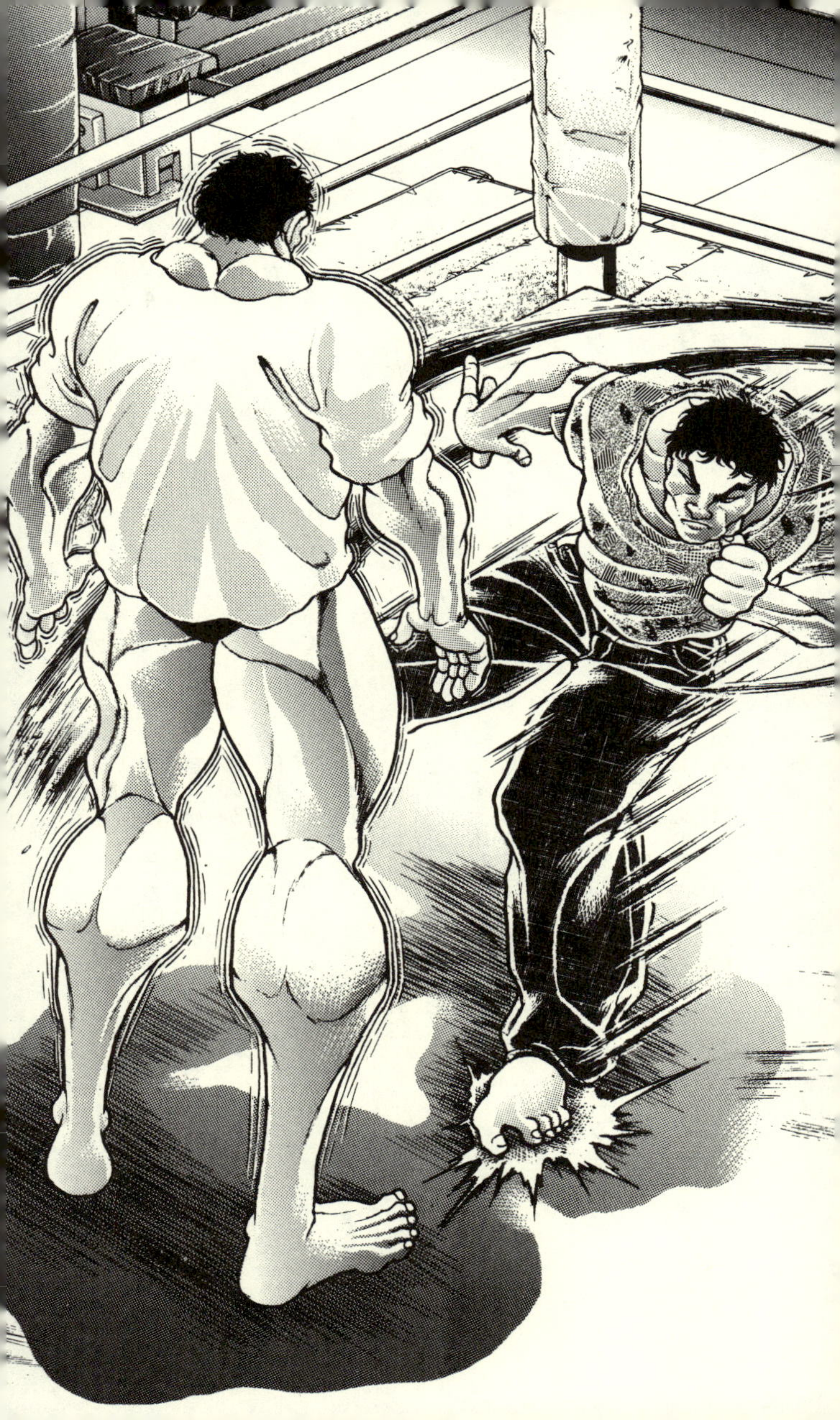

4

「妙な奴だな、お前は――」

赤石が言った。

赤石は、リングのマットの上に、胡座《あぐら》をかいている。

肩が浅く上下していた。

一〇分ほどのスパーリングが、今、終ったところであった。

この一〇分間で、二度、武志は赤石に極められていた。

最初は、逆十字を左腕に極められた。

次は、スリーパーだ。

赤石に背後に回られ、首に腕を巻きつけられ、頸動脈を締められて、落とされた。

その失神状態から、今、武志は蘇生《そせい》したばかりであった。

武志は、この間一度も赤石を極めてはいない。

武志は、正座して、赤石と向き合っていた。

「妙スか」

「何故、本気で来ないんだ」

「そんなこと、ないス」

「本当か」

「おれ、本気でやりました」

「なら、どうして、打撃を入れてこない?」

「でも、本気ス」

武志は、真面目な口調で言った。

赤石は黙った。

しばらくの間、赤石は無言で武志を見つめた。

武志は、困ったような顔をしている。

「おまえの言っていることは、よくわかってる。だから妙だと言ったんだ」

「――」

「言い方を変えよう。おまえからは、何というか、相手をぶちのめしてやろう、勝とうという気迫のようなものが、感じられない。それなら、わかるか?」

「──」

「おまえ、相手に勝ちたくないのか」

「勝ちたいス」

「本当に、何をしても勝とうとは思っているのか」

「何をしてもって──」

「たとえば、反則だ」

「反則?」

「反則でもいい。フェイントでもいい。相手の攻撃やディフェンスの裏をかいて、勝ってやろうという気持ちだ」

「──」

「おまえは、正直すぎる。どの技も、みんな真っ直ぐだ。あきれるくらいに真っ直ぐだ」

「──」

「さっきのタックルだってそうだ。沖田やおれが教えた通りのタックルのタイミングじゃないか。少しでもおまえとスパーリングをしたことがあれば、誰でもあのタイミングで膝を入れることができる」

「──」

武志は、無言だった。

「いいのか──」

赤石は言った。

「いいのか、おまえ」

赤石の口調が強くなっている。

「おれたちがな、これからやろうとしているのは、とんでもないことなんだぞ。さっき、おれがおまえに入れた膝なんて、目じゃない。もっとえげつないことをやってくる連中を相手にしなくちゃならないんだぞ──」

「はい」

「相手の裏をかくことばかり考えている連中が相手なんだ。何が何でも相手に勝とうと思ってるやつらだ。相手をぶちのめして、自分が這いあがろうと思ってる連中が相手なんだ。勝ちたくて勝ちたくて、糞を喰っても勝ちたいと思ってる連中を相手にするんだぞ」

「はい」

「おまえ、おれたちに、ひきずられて、おれたちのメンバーになったんじゃないだろうな――」

赤石は言った。

「おれ、好きっスから」

ぼそりと武志は言った。

「好き？」

「赤石さんが、好きなんス。沖田さんも、内藤さんも、好きなんス。みんなで一緒に練習するのが、好きなんス――」

「それで、おれたちの仲間になったのか」

「はい」

武志の答えに迷いはなかった。

「武志――」

赤石は、武志の肩に手を置いた。

「おまえ、やめろ……」

低い声で言った。

「やめる？」

「そうだ」

「何をスか」

「おれたちと一緒にやるのをだ」

「――」

武志は、唇を結んで、沈黙した。

眼だけは、赤石を見ている。

「おまえ、気持ちが優しすぎるんだ」

「そんなことは、ないス」

武志は言った。

「おれは、気持ちが優しくなんかありません」

「――」

「おれは、おれは……」

そう言って、また、武志は唇を固く閉じた。

武志の耳の奥に、地吹雪の音が聴こえていた。

あれから、もう、どのくらい時間が過ぎたのか。

一年？

二年？

三年？

どれだけ経とうと、忘れることのないあの荒野の風の音。

あの日――

自分は、殴ったのだ。

生まれて初めて、人をおもいきり。

北海道の、凍《い》てついた冬だ。

奥村という男の顔を。

恐怖もあった。

しかし、あの時、それ以上に自分の身を激しく焼いていたのは、怒りであった。

憎しみであった。

奥村は、大きくふっ飛んだ。

そのふっ飛んだひょうしに、奥村は自ら右手に握っていたナイフで、自分の胸を刺してしまったのだ。

奥村は、もう、助かる状態ではなかった。

もう、数分もしないうちに死ぬところであった。

そのまま奥村が死んでいたら、武志は殺人者となっていたところだ。

〝おめえを人殺しにさせるわけにゃいかねえ〟

父親の室戸十三は言った。

そして、室戸十三は、奥村がまだ握っていたナイフの柄をおもいきり叩いたのだ。

ナイフは、さらに奥村の胸に潜り込み、そして奥村は死んだのだ。

あの時の、悲痛な父親の声は、まだ、覚えている。

あの時の、ごうごうという吹雪の音も覚えている。

父親が、自分の身代りとなった。

それを忘れることはできない。

忘れようとも思ってはいない。

自分は、憎しみを込めて、人をおもいきり殴ることができる人間なのだ。

そのことを、武志はよくわかっている。

「殴ります」

武志は言った。

「おれ、おもいきり、殴りますから。おもいきり殴ります。だから、だから、おれも一緒にやらせて下さい」

武志は言った。

「もしかしたら、おまえが本気になったら、おれたちの誰よりも強いのかもしれない。おまえの身体の強さは、半端《はんぱ》じゃない。力も凄い。動きに、センスもある。あとは——」

赤石は、武志の胸を、拳で突いた。

「ここだけだ」

「——」

「どんなに力が強くても、ここが強くなければ、この世界でやっていくことはできない」

赤石は、ゆっくりと立ちあがった。

リングを下りる。

「どこへ行くんスか」

武志は訊いた。

赤石は、無言で、さっき脱いだ靴を履いている。

「着替えろ」

赤石は言った。

「着替える?」

「ついて来い。つきあわせたいところがあると言ったはずだ」

「わかりました」

武志は、リングの上に立ちあがった。

「これから、あるところへ行く」

赤石は言った。

すでに、靴を履き終えていた。

「おまえは、おれと一緒にそこへ行って、おれが何をするかを見るんだ」

「何をするんスか」

「何をするか、どうなるかはわからない。ただ、黙っておれのすることを見てればいい」

「――」

「それで決めろ」

「――」

「そこで、おれが、これからどういう場所へ行こうとしているか、わかるはずだ。それで、おれたちに付いてくるかどうかを決めればいい」

硬い声で、赤石は言った。

5

黒い男が、歩いている。

黒い靴を履き、黒いズボンを穿き、黒いシャツを着ている。シャツのボタンは、喉元まできっちりと止められていた。

黒い上着。

そして、肩近くまである黒い髪。

皮膚の色まで、黒い鉄のようであった。

眼が、細い。

ナイフで、横に切れ込みを入れたような眼であった。

表情がない。

どのようにないか。

たとえば、黒い鉄に表情がないとすれば、そのようにない。

もし、黒い鉄に表情があるとするなら、その程度にはある。

しかし、表情があるにしろ、ないにしろ、鉄の表情は読み取れない。

久我重明であった。

久我重明は、歩いていた。

新宿、歌舞伎町。

夜である。

深夜と言ってもさしつかえない時間であったが、この一画だけは、まだ灯りがさざめき、無数の人間が動いている。

若者も、中年も、少年も少女も、あらゆる年齢の人間がいた。

賑やかで、ざわついていて、猥雑《わいざつ》で、生き生きとしている。

日本人も外国人もいる。

日本のというよりは、アジアの都市だ。

そのざわめきの中を、久我重明は歩いている。

今、近くの店から出てきたばかりであった。

女がいて、酒を飲ませる店だ。

ぼったくりバー。

水割を二杯か三杯飲ませ、五万円から二〇万円近くの金をとる。

〝アイリス〟

という名前の店だ。

客としていたわけではない。

店の隅で、静かに、動かない鉄の塊りのように、ウィスキーを飲んでいた。

ラフロイグという癖のあるスコッチウィスキーを、ロックで。

しかし、その肉体には、一滴のアルコールも染み込んでいないようであった。

鉄に、ウィスキーが染み込まないように、この男の肉体には、いくら飲んでもアルコールは染み込まないようであった。

値段が高いとごねる客がいれば、その時に、久我重明が出てゆく。出てゆき、ウィスキーグラスを、ちぎる。

分厚いグラスの縁を、二本の指で毟《むし》ってみせる。

それを見ると、たいていの客は、黙って金を置いて出てゆく。

その夜は、そこまでする必要のある客はいなかった。

適当なところで、店を出た。

出口で、志村礼二が待っていた。

志村礼二は、歌舞伎町の人込みの中を、久我重明の後ろから歩いてゆく。

前から歩いてくる連中が、久我重明を見ると、見えない圧力に押されたかのように、左右によけて通り過ぎてゆく。

「花巻じゃあ、おもしろかったなあ、礼二……」

ぽつりと、久我重明が、小さい声でつぶやいた。

この春、志村礼二は、久我重明と共に東北へ出かけている。

そのおりのことを久我重明は言っているのだ。

別に、志村礼二の返事を期待しての言葉ではない。

志村礼二は何も言わず黙ったまま歩いてゆく。

久我重明も、つぶやいたきり、何も口にしない。

ふたりで、雑踏の中を歩いてゆく。

コマ劇場の近くまで来た時――

6

「礼二……」

久我重明がぼそりと言った。

「尾行《つ》けられてるぜ」

「ふふん」

久我重明は、方向をゆっくりとかえた。

人込みの中を歩きながら、花園神社の方に向かって歩いてゆく。

「まだ尾行《つ》いてきてるんですか」

礼二が訊いた。

「ああ」

久我重明は、歪《いび》つな笑みを、その薄い唇に浮かべた。

「ふたりだ」

ぼそりと久我重明はつぶやいた。

礼二が、後方を振り返ろうとすると、

「やめとけ」

短く久我重明が言う。

そのまま、歩いた。

区役所通りを渡った。

短い、パンツのようなスカートを穿いた女たちが、道を歩いてくる男たちに声をかけてくる。

二人は、それを無視して歩いてゆく。

肌の露出の多い女たちは、歩いて来る男なら誰にでも声をかける。

しかし、久我重明にだけは、かけない。

妖気にも似た異様な気配を、久我重明がその肉体にまとわりつかせているからだ。

志村礼二には声をかけるが、久我重明にはかけない。

人を二〇人も喰い殺している野生の黒豹が、夜の新宿を歩いていたら、声をかけたりするだろうか。しない。

久我重明は、人の姿をした野生獣であった。

声をかける、あるいは眼が合う、何らかの関わりが生まれたその瞬間に、ぞぶり、と喉に牙を突き立てられそうな気がする。

それが、女たちにはわかるのだ。

この久我重明の後を、尾行している者がふたり
……。

久我重明は、けばけばしい灯りの並ぶ路を抜け、花園神社の境内に入っていった。

人影は、ない。

すぐ向こうに、人込みと、眩《まぶ》しいくらいの灯りの群があるというのに、この一画にだけは、闇が残っていた。

昔ながらの新宿の闇だ。

久我重明は、神社の裏手までゆき、足を停めた。

「ここで、いいだろう」

ゆっくりと、後方をふりかえった。

大きな人影がふたつ、立っていた。

姿を隠そうともしない。

志村礼二も、久我重明の横に並んだ。

「ふふん」

久我重明が、小さく声をあげた。

「久我重明さんだろう?」

人影のうち、小さい方が訊いてきた。

小さいといっても、もう片方の人物が大きすぎるからであり、声をかけてきた男も、並の感覚で言えば、大男である。

そのふたりの肉体の周囲だけ、大気の温度が二～三度は高そうであった。

「あんたは?」

久我重明が、鉄のような声で訊いた。

「赤石元一だ」

人影が言った。

「フジプロレスの赤石か」

「知っているのか」

「この前、負けた男だな」

「………」

赤石が沈黙する。

「そっちのでかいのは?」

「室戸武志――おれの後輩だ」

「何の用だ」

「この前、ブラジル人とやったろう」

「やったよ」

「どうやって勝った？」

赤石が訊いた。

「意味がわからんな」

久我重明の答は短い。

「新聞の記事を読んだ」

「ほう」

「会場にいた人間にも話を聴いた」

「――――」

「しかし、わからん」

「ふん」

「どうやって、あの連中に勝ったんだ」

「くだらん質問だ」

「教えてくれ」

「教えてくれだと？」

久我重明の唇の両端が、きゅうっと吊りあがった。


笑みのかたちになっているのに、その口は笑っているようには見えなかった。

「口で、教えるだとか教えられるだとかいうもんじゃないよ」

「わかっている」

硬い声で、赤石は言った。

「おれの身体に教えてくれ」

一歩、赤石が前に出た。

まだ間合ではない。

「馬鹿か……」

久我重明は、ぼそりと吐き捨てた。

「何を聴いているか知らんが、見物人がいたんで、あの程度ですんだんだ。ここには、見物人はいない」

「かまわん」

「やだね」

「何故だ」

「おれはね、できるんだよ」

「何ができるんだ」

「恨みも何もなくたって、始まったらばね」

「――――」

「やるよ」

「それが望みだ」

「つまらん」

「――――」

「銭にならん」

「なに？」

「あんたに恨みがあるわけでもない」

「――――」

「あんたを潰して、フジプロレスと朱雀会がこじれたら、銭にならねえよ」

「――――」

「おれのは、技じゃない。教えられるもんじゃない」

「――――」

「どうしても、教えてもらいたいっていうんなら、親父に教えてもらえばいい」

「親父？」

「赤石文三だよ。今は上品なこと言ってるが、あんたの親父は、そりゃあえげつなかったよ。昔の話だけどね」

「昔？」

「最近は、つまらん男になった。この前、やつに会った時、二度は殺せたぜ」

「会ったのか、親父に」

「ああ」

久我重明は、小さくうなずいた。

この話の間も、久我重明は、ひょろりと立っているだけだ。

構えてもいなければ、凄んでもいない。

殺気を放ってさえいない。

なのに——

怖い。

向かい合っているだけで、背筋にぞくぞくと寒気が這い登ってくるようであった。

「おれが、今、ここで仕掛けたら、あんただってそのままじゃないんだろう？」

赤石は言った。

「楽しいことを言ってくれるじゃないか」

そろりと、久我重明は言った。

半歩、赤石が前に出た。

間合が近い。

「礼二」

久我重明が言った。

「はい」

それまで黙していた志村礼二が、初めて声を出した。

「おめえ、やってみな」

「おれがですか」

礼二の美しい貌《かお》に、凶相とも見える笑みが点《とも》った。

「赤石、まず、この礼二とやってみるんだな」

「その男と？」

赤石は、礼二を見た。

小さい——プロレスラーの肉体をいつも見ている赤石にとっては、そう言ってもいい肉体であった。

身長、一八〇センチはない。

一七五センチは超えているにしても、一八〇センチはないであろう。

肉も、厚みはない。

よくしまった、しなやかそうな肉体ではあるが、素人——そう見えた。

しかし、その考えを、すぐに赤石は修正した。

奴らも初めはそう見えたのではなかったか。

奴ら——ブラジリアン柔術をやっている連中だ。

久我重明が、こうして、自分とやらせようとしている以上、並の相手ではないのであろう。

「この礼二に勝ったら、おれが相手をしてやるよ」

久我重明は、一歩、退がった。

自然に、赤石と礼二が向き合うこととなった。

「そういうわけだ」

志村礼二は、貌に強烈な笑みを点したまま、自らも、半歩前に出た。

もう一歩、どちらかが前に出れば、闘いの間合に入る。

「わかった、やろう」

赤石はうなずいた。

「ルールを決めとこうか」

礼二が言った。

「ああ」

「あんたのやった、あのルールでいいぜ」

「バーリトゥードか」

「きんたまと、目ん玉——そこ以外は全部攻撃オーケイということでどうだ」

「わかった」

赤石は、低い声で言った。

「おい、赤石」

礼二の後方から、久我重明が声をかけた。

「その男は、おれより甘ちゃんだからな。多少は手加減してくれるだろう」

久我重明は言った。

「赤石さん……」

赤石の後ろから、室戸武志が声をかけた。

「退がってろ、武志」

そう言って、赤石は腰を落とした。

7

赤石は、腰を落とし、両拳を上げて構えた。

志村礼二も似たような構えだった。

打撃の構え――

しかし、いつ、相手がタックルに来てもいいように、腰はやや深めに落としている。

大きな違いは、動きであった。

赤石が、どっしりと構えているのに対し、志村礼二は、フットワークを使っている。

足で動いている。

膝と爪先でリズムをとりながら、間合に近い距離を、浅く入ったり出たりしている。

赤石は、スニーカーを履いていた。

志村礼二は、革靴を履いている。

動くということについてなら、スニーカーの方が動き易い。

しかし、武器ということなら、革靴の方が優れている。

堅い爪先で蹴りを入れられたら、かなりのダメージを負うことになる。

その爪先で、肛門に蹴りを入れられたら――まともに入れば、肛門が裂ける。

激痛で、もう闘ってはいられない状態になるであろう。

互いに靴を脱いでやろう――

そういう申し入れをすべきであったかという思いが、一瞬、脳裏をよぎったが、赤石はすぐにその考えを打ち払った。

みっともない。

いったん闘いが始められた以上、それは言うべきではない。

志村礼二の、間合に出たり入ったりする行為が、だんだん大きくなった。

深く間合に入って、すっと出てゆく。

赤石が隙を見せないため、どういう攻撃も出せないでいるのである。

その状態が、しばらく続いた。

「来ないのかい」
ステップを踏みながら、志村礼二が言った。
「来ないんなら、帰るぜ」
志村が笑っていた。
そもそも、この勝負を仕掛けたのは赤石である。
仕掛けておいて、勝負をしないのか。
志村礼二はそう言っているのである。
もしも仕掛けて来ないのなら、帰る——そう志村礼二は言っているのである。
——先に仕掛けて来い。
明らかな、志村の挑発であった。
それにひっかかって、あわてて攻撃を仕掛けてゆくわけにはいかない。
しかし、いつまでも、こういう状態を続けているわけにもいかない。
眼と、きんたま以外はOKか。
それなら、あの、鼻の穴に指を入れるのもいいというわけだな。
唇に指を引っかけて、おもいきり引っぱるというのもいいわけだな。
それくらいなら、自分だって知っている。
これまで、リングで使わなかっただけだ。
いいというなら、やってやる。
赤石は、そう覚悟していた。
つうう、
と赤石は前に出た。
左足が前だ。
と——
いきなり、志村礼二が右足を跳《は》ねあげた。
顔——ハイキックか。
それとも、ミドルか。
上に跳ねあがるかと見えた蹴りが、途中で軌道を変え、斜め下に打ち下ろされた。
下段蹴り——ローキックである。

志村礼二の右足の靴の爪先が、赤石の左脚の太腿に打ち込まれた。

くうっ。

赤石は、痛みを飲み込んだ。

普通のローキックの二倍は効《き》く。

そのローに合わせて、赤石はパンチを出したが、その拳は空を切っていた。

「もうひとつ」

シッ!

と声を出して、また右足を跳ねあげる。

そのローキックに合わせて、左足を上げた途端——志村礼二の左の拳が飛んできた。

かろうじて、赤石は、そのパンチを右腕でカバーした。

強い痛みで警戒心を高めておき、もう一度同じローキックを入れると思わせておいて、パンチでくる。

鮮やかな手並みであった。


しかし、このわずかの攻防で、赤石にわかったことがある。

志村礼二の攻撃は軽い。

確かに、疾い。

志村礼二の攻撃は、これまでに赤石の知っているどの選手よりも疾かった。しかも、ねらいも正確であった。

だが——

軽い。

志村の攻撃は軽いのだ。

いや、軽いというのは当っていない。志村クラスの体重としては重いのだ。しかし自分とは体重差がありすぎる。この自分にとっては、志村の蹴りが軽いということだ。

これなら、自分であれば、一発でKOということはあり得ない。

打たれてもいいから、飛び込む。

その一発か二発をしのいで、組みついてしまえば、自分の土俵に持ち込める。
組み技、寝技となったら、もう、自分の負ける要素はあるまいと思われた。
次に志村がローキックに来た時、赤石は強引に前に出て組みに行った。
前に出て、組みついた。
いいタイミングで、志村の肘が顔面に向かって飛んできた。
鼻頭を、おもいきり打たれた。
しかし、それだけのことだ。
鼻の軟骨は、すでに潰れてしまっている。
かまうことはない。
志村の脇に手を差し込んで――
その瞬間であった。
いきなり、やられた。
眼だ。
眼に痛みが走った。
左の眼球であった。
左の眼球を、指でこすられたのだ。
馬鹿な。
これは、反則ではないのか。
事故で偶然に入ったのか、それともわざとか。
偶然のはずはない。
わざとだ。
故意にやったのだ。
糞!
ひるんだのは、ほんの一瞬であった。
かまわず、志村を倒しにいこうとした時、股間で、何かが爆発した。
最初に感じたのは、痛みとか、そういうものではない。
得体の知れない温度の塊りが、そこではぜたのだ。
自分の肉体の一部が潰れる時の、ぐちっという気色の悪い、リアルな感触――それが一番最初であった。
激痛が襲ってきたのは、その次であった。
強烈な激痛だ。
これまで、知る限りで、最も巨大な痛み。
腕を折られたこともあった。
刃物で刺されたこともあった。
しかし、これはそういう痛みではなかった。
我慢できない、圧倒的な痛み。
睾丸を蹴られたのだ。
膝で。
「ぐむむっ!!」
口から、悲鳴が洩れそうになるのを、かろうじて、赤石はこらえた。
この男、わざと言ったのだ。
〝ルールを決めとこうか〟
〝きんたまと、目ん玉――そこ以外は全部攻撃オーケイということでどうだ〟
あれは、わざと言ったのだ。
自分が使うために。
闘っていて、不利になったからということじゃない。始めから、使う気でいたのだ。
欺《だま》された。
赤石の胸に浮かんだのは、その痛みよりもさらに強い激しい怒りであった。
志村に対する怒りではない。
自分に対する怒りであった。
「があああっ」
赤石は、凄い形相で、志村の頭を両手で抱えた。
志村礼二が、笑っていた。
切れるような笑みであった。
その顔面に、おもいきり、自分の額を打ち込んでいった。

8

しかし——

志村礼二の方が疾《はや》かった。

自分の顔面に向かって打ち込んでくる赤石に向かって、自らも額を打ちつけていったのである。

赤石が、股間に激痛を抱えている分だけ、反応が遅れていた。

笑みを作ったまま、志村の額が、赤石の鼻頭においきりめり込んでいた。

ぐちっ、

鼻が潰れた。

しかし、赤石は眼をつぶらなかった。

倒れもしなかった。

志村を抱えたまま、もだえた。

咆《ほ》えた。

もだえ、声をあげていないと、睾丸に受けた激痛に負けてしまうとでもいうように身体をゆすった。

志村の脚に自分の脚をからめ、志村を倒そうとした。

しかし、もう、その脚がもつれている。

びくびくと、痙攣するように、赤石の身体が震えた。

ついに、赤石の身体が倒れた。

赤石は、額にあぶら汗を流し、片手で股間を押さえ、両眼で下から志村を睨んでいた。

ぐうっ、

という、咆え声とも呻き声ともつかない声が、赤石のくいしばった歯の間から洩れる。

赤石のズボンの股間のあたりに血が滲んでいた。

睾丸が潰れて、それを包んでいた皮の袋が破れたのであろう。

まだ、赤石は起きあがろうとした。

激痛に襲われてはいるが、それに意志の力で耐えていた。

耐えながら起きあがろうとした。

その顔面に、志村の靴の踵《かかと》が容赦なく踏み下ろされた。

鈍い音がした。

赤石の後頭部が、ごつんと地にぶつかった。

それでも、赤石はまだ志村を睨んでいた。

身体を痙攣させながら起きあがろうとした。

その顔に、もう一度、志村が踵を踏み下ろす。

赤石の歯が折れ、そのかけらが飛んだ。

まだ、赤石は睨んでいる。

その顔に、志村がさらに踵を踏み下ろそうとした時——

「やめろ」

久我重明の声が響いた。

志村が、踏み下ろしかけていた足を、途中で止めた。

「もう、気絶している」

低い声で久我重明が言った。

その通りであった。

赤石は、志村礼二を下から睨みつけながら、眼を開いたまま意識を失っていたのである。

「赤石さん——」

室戸武志が、赤石に駆け寄った。

その上体を抱え起こす。

「赤石さん!」

叫んだ。

汚ない——

武志は、叫びながらそう思っている。

志村礼二は、はじめから、ルールを守るつもりなどなかったのだ。

はじめから、眼を攻撃し、睾丸を蹴るつもりでいたのだ。

その攻撃がうまくゆくように、わざと、闘いの前に自分からルールのことを口にしたのだ。

それが、武志にはわかった。

汚ない。

赤石の頭部を抱えながら、武志は下から志村礼二を睨んだ。

志村の横に、久我重明が立っていた。

呻《うめ》きながら、赤石が眼を開いていた。

9

「よかったな、礼二で——」

久我重明が、低い声でつぶやいた。

「おれだったら、今、そうやって眼を開くことなんかできないぜ」

低い、静かな声であった。

赤石は、くいしばった歯の間から、呻き声を洩らしながら、久我重明を睨んでいた。

「な、言った通りだろう」

久我重明は言った。

「おれの流儀は、技じゃねえんだよ。教えられるものじゃねえんだ」

「——」

「ここだよ」

久我重明は、自らの右手を、自分の胸の上にあてた。

「おれの久我重明流は、ここにあるんだよ」

「——」

「金をとって、人さまに見せる試合をしたいんだろう。なら、久我重明流をやる意味はねえよ」

「ま、ま……」

「根性だけは、おれが思ったより持ち合わせがあるようだが、根性だけじゃあ、勝てねえよ」

久我重明は、背を向けて、そこから立ち去ろうとした。

「ま、待て。待ってくれ」

喘《あえ》ぎながら、赤石が声をあげた。

「どうしたい」

「た、たのむ」

赤石が、武志の腕から逃がれ出て、地に手をつき、そこに上体を起こした。

「あんたの弟子にしてくれ」

赤石元一の眼から、太い、透明な涙がこぼれ出た。

「たのむ」

赤石が、膝を立てて、起きあがろうとする。

しかし、立てなかった。

たのむ――と言う赤石の口から、血が流れ出している。

武志が、赤石の身体を支えようとすると、その手が振りはらわれた。


「強くなりたいんだ……」

赤石が言った。

その声が、武志の耳に注ぎ込まれた。

強くなりたい――

低い、かすれた、しかし重い声であった。

行ってしまう。

武志はそう思った。

自分の側《そば》から、この赤石が行ってしまう。

どこかへ行ってしまおうとしている。

赤石が好きであった。

内藤が好きであった。

沖田が好きであった。

彼等と、四人で練習をするのが楽しかった。

道場に来て、冗談を言って二階へあがってゆく木原が好きであった。

どんなにきついトレーニングも、いやではなかった。

自分の身体を使う。鍛える。どういう言い方をしてもいいが、それが好きであった。

別に、強くなりたいと思って練習をしているのではなかった。

彼等と一緒に練習をするのが楽しいから、自分の肉体を苛めるのがおもしろいから、彼等と一緒にやってきたのだ。

強くなる——というのは、そのついでのようなものだ。

練習をしていると、肉体を鍛えていると、勝手に強くなる。

「強くなったなあ、武志」

内藤や、赤石にそう言われるのが嬉しくて、それでトレーニングをしたのだ。

別に、レスラーとしてデビューできなくてもいいと思っていた。

喰べることには、不自由はなかった。

住むところもある。

わずかながら、小遣い程度の金ももらえた。

そういう日々が、ずっと続くものだと武志は思ってきた。

その日々が、壊れた。

ブラジルからやってきた、あの奇妙な闘い——バーリトゥードが、楽しい日々を破壊したのである。

赤石が、マリオ・ヒベーロに負けたあの時から、それが始まったのだ。

もう、もどれない道に、沖田、内藤、赤石たちは足を踏み出してしまったのだ。

それでも、四人は一緒だと思っていた。

バーリトゥードのために、四人が一緒になって、トレーニングをするのだと思っていた。

それなら、それでよかった。

四人一緒に、またあの時間を持つことができるのなら、それがプロレスのリングに上ることでも、バーリトゥードをやることでもよかった。

ところが、そうではなかった。

四人集まったら、沖田も、内藤も、一緒ではないことがわかった。

そして今、赤石までもが、行ってしまおうとしているのである。

北海道の、地吹雪の音が、武志の耳の奥に響いた。

あの雪の荒野が浮かんだ。

胸の中で地吹雪が鳴っている。

その地吹雪の音が、独りなのだと叫んでいる。

おまえ独り。

おのれ独り。

赤石が行ってしまう。

「おれも、行きます」

武志は、ぼそりとつぶやいていた。

のっそりと、武志は立ちあがった。

志村礼二と、そして、久我重明を見た。


「その人とやらせて下さい」

武志は言った。

「た、武志、おまえ……」

赤石が、膝を着いたまま言った。

「その人に勝てば、ぼくも弟子にしてもらえるんですね」

堅い声であった。

「やるのかい、おれと?」

志村が、軽く、半歩退がっていた。

刺すような眼で、志村が武志を見た。

「おまえが?」

久我重明が、細い眼をさらに細めた。

値踏みするように、久我重明は、上から下まで、室戸武志を凝《じ》っと見やった。

「やらせて下さい」

武志は言った。

志村が武志を見つめている。

武志もまた、志村を見つめている。

ふたりは、互いに見つめあった。

志村の内部に、見えない何かが溜《た》まりはじめていた。

眼に見えないもの。

たとえば、それは温度のようなものだ。

しかし、それは、熱気とは違う。

温度のようだが、温度ではないもの。

覚悟のようなもの。

意志。

気。

そういうものが、志村礼二の肉の内部に張りつめてゆく。

このまま放っておけば、それは、志村の肉の中に溜まり、外に向かって溢《あふ》れ出さずにはおかないもの。

それが、志村礼二という器に、張りつめ、満杯になって……

ふいに――

志村礼二が動くかと見えたその寸前に、

「やめとけ……」

久我重明が、ぼそりとつぶやいた。左手を伸ばして、志村の動きを制していた。

志村礼二は、明らかに不満そうな顔をした。

「やめとけ」

もう一度、久我重明は言った。

「このでかい坊や、やってるぜ……」

低い、ぞっとするような響きを持った声であった。

「やってる？」

志村は訊いた。

「何をですか」

「殺してるぜ」

ぼつりと、言葉をちぎって捨てるように、久我重明は言った。

久我重明は、まだ、室戸武志の眼を見つめていた。

暗い淵《ふち》のような眼であった。

「何のことですか、まさか、こいつが……」

志村礼二がそこまで言った時、

「行くぜ」

久我重明は、武志と赤石に背を向けていた。

志村は久我重明と離れてゆく間、数秒、武志の顔を見つめていた。

「また、会えるんだろうな」

志村礼二が言った。

武志は答えない。

志村を見つめているだけだ。

志村が、武志に背を向けた。

久我重明を追って、歩き出していた。

そこに、赤石と、武志が取り残された。

赤石が、ゆっくりと立ちあがった。

「赤石さん」

武志が、近づこうとすると、

「来るな」

赤石が言った。

「赤石さん」

「行け」

赤石の、乾いた声が言った。

しかし、武志はそこを動けなかった。

「行け」

赤石がもう一度言った。

地吹雪の音が、武志の耳の奥で鳴っていた。

三章　王道の牙

1

砂浜で、ふたりの男が向かい合っていた。

どちらも、道衣を着ている。

ふたりとも素足であった。

どちらも、身長は同じくらいであった。

違っているのは、年齢と体重である。

一方の男が、もう一方の男よりも、歳上だ。年齢は、三〇歳になったかどうかというくらいであろう。

がっしりとした身体つきであった。

体重は、八十五キロほどもあろうか。

若い方の男の年齢は、まだ二〇歳になってはいないように見える。

体重は、八〇キロくらいであろうか。

眼が、細い。

爬虫類《はちゅうるい》のような顔をしていた。

爬虫類の表情が読めないように、この若い男の表情は読めなかった。

ふたりは、向きあって、拳を構えていた。

歳上の男の名前は、鳴海俊男。

若い男の名前は、芥菊千代。

師弟であった。

夜——

海が、ふたりの向こうで、黒々とうねっていた。

そのうねりの上に、月光がこぼれて光っている。

「しあげだ、来い」

鳴海が言った。

うなずくかわりに、菊千代の身体が動いた。

「シッ」

「シッ」

鋭い呼気を洩らしながら、前に出てゆく。

前に出ながら、鳴海の太い脚に、左右のローキックを叩き込んでゆく。

鳴海の、太腿の分厚い筋肉が、菊千代の左右の蹴りをはじく。

かなり力がこもってはいるが、本気の蹴りではない。

「シッ！」

菊千代が、さらに深く踏み込んで、今度は左右の拳を鳴海の胸に打ち込んでゆく。

それを、鳴海がかわしもせずに胸で受けてゆく。

その最中に、時おり、鳴海が、菊千代の脚にローを入れたり、拳を打ち込んだりする。

それを、菊千代が受ける。

ひとしきり、そのやりとりが続いた。

「よし」

鳴海が言った。

ようやく、ふたりの動きが止まった。

「押忍《おす》」

「押忍」

互いに、短く挨拶をする。

太い息を、鳴海は吐き、

「いい感じだ」

そう言った。

「明日は、今日よりも軽い運動をするだけでいい。明後日《あさって》が本番だぞ」

「はい」

菊千代が、短くうなずいた。

「おまえの試合が終ったら、十日後がおれだ——」

鳴海が言った。

「はい」

「どういう結果が出るにしろ、それで、決着がつく」

「——」

「そうしたら、本格的に総合化に向かって、うちも動くことになる」

鳴海は、海へ向きなおり、

「あんなものを見せられてはな——」

そうつぶやいた。

あんなもの——

というのは、一ヵ月余り前に行なわれた、バーリトゥードの試合のことだ。

マリオ・ヒベーロと赤石元一との試合のことを言っているのである。

「そのうちになどとは言っていられないからな」

「はい」

菊千代がうなずいた。

その時——

陸の側から、浅く砂を踏む足音が聴こえてきた。

鳴海と菊千代は、そちらへ視線を向けた。

松林を背に、ひとつの人影が近づいてくるところであった。

「やっぱりここでしたね」

その人影が言った。

聴き覚えのある男の声であった。

人影は、さらに近づいてきた。

月明かりで、ようやくその顔が識別できる距離になった。

「あなたは――」

鳴海が、その言葉を途中で飲み込んだ。

「竹智完《たけちかん》です」

その男は言った。

竹智完――

鳴海は、この男に会うのは、二度目であった。

鳴海にとっては、中国拳法の師である羽柴彦六の友人である。

「ごぶさたしています」

竹智完は、鳴海と菊千代の前までやってくると、そこで足を止めた。

「お久しぶりです」

鳴海は言った。

「お元気そうで」

竹智完が、右手を伸ばしてきた。

その手を、鳴海の右手が握る。

「東北の方にいらしたんではないんですか」

「わけがあって、出てきました」

「わけ?」

「ええ」

竹智完は、握っていた鳴海の手を離し、芥菊千代を見やり、

「やあ」

小さい声で言った。

「押忍」

菊千代は、小さく両拳で十字を切った。

「今度の試合、出るんだって?」

「はい」

菊千代はうなずいた。

竹智の言う今度の試合というのは、館長赤石文三

が率いる武林館の、全日本オープントーナメントのことである。

体重制がない。

無差別の試合である。

体重七〇キロの者から、体重一三〇キロくらいまでの選手たちが、同じルールで闘うのである。

そのトーナメントに、芥菊千代は出場することになっているのである。

「わたしも、当日は、会場へ行きますよ」

「会場へ？」

「ええ。おそらく、羽柴彦六さんも、お見えになると思います」

竹智完は、にこやかに微笑しながらそう言った。

2

小さな和室であった。

四畳半——

その中央に、座卓があり、それを挟んで、鳴海は、竹智と向かいあっていた。

ふたりきりだ。

しばらく前に、芥菊千代は帰っている。

座卓の上に置かれているのは、ビール瓶《びん》が一本と、コップがふたつ。

肴は、鯵《あじ》のたたきと、アオリイカの刺身、サザエの壺《つぼ》焼き。

醤油《しょうゆ》の焼けた匂いとサザエの匂いが、部屋の空気の中に溶けている。

熱いうちに——ということで、すでにサザエはふたりの胃の中に収まっていて、座卓の上にあるのは、サザエの殻《から》だけである。

鯵とアオリイカは、鳴海が包丁で下ろした。

竹智は、すでに鳴海のこの家に泊まってゆくことになっている。

ビールを飲みながら、相模湾で採れた活きのいい肴をつまんで、ふたりは、ぽつりぽつりと短い会話を交わしていた。

鳴海にとっては、久しぶりの充実した酒の時間であった。

開け放した窓から、潮の香を含んだ秋の風が入り込んでくる。

「東北から出てきたと言ってましたが——」

くつろいだ声で、鳴海は言った。

「ええ」

竹智がうなずいた。

その竹智の顔に、初めて、暗い影の宿るのを鳴海は見た。

「何かあったのですか」

鳴海は訊いた。

「たいしたことではないんです」

竹智は言った。

その顔に、すでに今しがたの影はない。

以前——竹智がここを訪れたのは、昨年の七月であった。

その時から、すでに一年と三ヵ月が過ぎ去っている。

その筋の者たちにねらわれており、鳴海は、海で竹智と一緒に、追ってきたその筋の男たちと闘っている。

その時も、何故そういう連中に竹智が追われているのか、その理由は聞いていない。

そのことに関係があるのかもしれないと鳴海は思った。

しかし、たいしたことではないと竹智が言う以上無理にそれを聞き出すわけにもいかない。

鳴海は、それ以上を問わなかった。

だが、問うまでもなく、竹智は、自ら東北でのことを語りはじめていた。

「東北で、羽柴彦六さんに会いましたよ」

その話は、羽柴彦六の名前から、始まったのである。

3

半年ほど前。

四月——

竹智完は、岩手県の花巻にいた。

場所は、明光寺《みょうこうじ》という小さな寺である。

花巻温泉に近い山の麓《ふもと》にその寺はあった。

その寺で、竹智は、居候《いそうろう》のようなことをしていた。

寺の住職をしている、村松愚尊《むらまつぐそん》という坊主とのふたり暮らしである。

寺で寝泊まりしているのは、竹智と愚尊のふたりきりだ。

昨年の七月に、竹智は偶然にこの寺へ足を踏み入れ、そのまま明光寺の居候になってしまったのである。

住職の食事の世話をしたり、買い出しに行ったり、掃除や洗濯をする。

法事はできないが、法事以外のことは、竹智は何でもこなすことができた。

愚尊も、六十二歳になるが、まだ充分に動ける体力も、知力もあった。自分で料理もするし、洗濯もする。時には、愚尊が、竹智の下着を洗濯機に放り込んだりもするのである。

給料と呼べるほどの額ではないが、小遣い程度の金は、愚尊からもらっている。しかしその金も、ほとんど竹智は使っていない。

使うことが、ほとんどないからである。

午前と午後のあいた時間を使って、竹智はトレーニングをする。

筋力トレーニングも、持久力をアップするトレーニングもした。

筋力トレーニングをやり、ストレッチをやり、そして走る。

走る場所には、事欠かない場所であった。

その後で、中国拳法の套路《とうろ》をやる。

蟷螂《とうろう》拳。

中国の山東省に伝えられてきた拳法であった。

清朝初期の頃、即墨県《そくぼくけん》の王朗《おうろう》が創始したと言われている。

蟷螂《かまきり》が蟬《せみ》を捕らえるところから、王朗はこの拳法を発想したと伝えられており、動作の中に蟷螂の動きを模《も》したものが多い。これに猿猴《さる》の歩法を加えて、王朗が完成させたものが蟷螂拳である。

この蟷螂拳の動きを、型として演ずるのが套路である。

それを、遊びに来た夏休み中の近所の子供たちが眺めているうちに、自然に興味を覚えたらしく、竹智が彼等に教えるようになった。

教えるといっても、型——套路だけである。

小学生が五、六人である。

金はとらない。

無料で教えた。

教えるのは午後だ。

子供が来れば教え、来なければ自分のトレーニングをする。

竹智のトレーニング——練習は、スパーリングの相手を置かない。

そういうパートナーがいなくてもよいから置かないのか、いないから独りでやるのか、それはわからないが、独りで動く。

ボクシングで言えば、相手を想定したシャドウボクシングのようなものだろうか。

まるで、相手が眼の前にいるように動く。

相手の攻撃をよけ、受け、そして自分が攻撃をする。

套路もまた、そういう見えぬ相手を想定して生まれた型だが、竹智が日に一度やるその動きは、套路に似ているが、套路ではない。

動きに決まりがないのである。

しかも、蟷螂拳の套路よりも、動きがずっとゆるやかである。

動きの速度は、太極拳のそれに近い。

それを、主に夜、寺の境内《けいだい》でたっぷり一時間くらいやる。

その後で、住職の愚尊の晩酌《ばんしゃく》に、軽くつきあったりする。

竹智としては、満ち足りた日々であったといっていい。

その日々に、変化をもたらしたのは、ひとりの男の出現であった。

4

桜の花びらがしきりと散る中で、子供たちが腰を落とし、何かをつまもうとしているように、両手の指先を揃え、同じ動作をしている。

足を前に出し、身体を回転させ、何かを引っかけるように手首を曲げ、打ち、払う。

いずれも、小学生である。

三年生から六年生まで、七人が、桜の樹の下で、中国拳法の套路を演じているのである。

蟷螂拳の套路であった。

その型がさまになりつつある者もいるが、型にも踊りにもなっていない者もいる。

しかし、誰の眼つきも真剣であった。

竹智完は、子供たちの前に立って、動作のたびに、小さく声をかけてやっている。七人の子供たちは、いずれも、套路の型だけは全てわかっているらしく、上手下手はあるにしても、次にどういう動作をするかで迷ってはいない。

明光寺の境内。

そこに、一本の桜の古木が生えている。

満開の桜であった。

このあたりで、桜が咲くのは、四月の半ばを過ぎた、ちょうどこの頃であった。

その桜の古木の根元に、ひとりの男が立っていた。

全身、黒ずくめの男であった。

黒いシャツ。

黒い上着。

黒いズボン。

黒い靴下。

黒い靴。

黒い髪。

皮膚の色までが、黒い鉄のようであった。

その黒い男の頭上で、桜の梢が静かに揺れている。

みっしりと咲いた桜の花びらの重さで、桜の枝が下に下がっている。

その枝から落ちてきた桜の花びらが、黒い男の表面に、点々と散っていた。

笑っているとも、むっつりしているとも見える不思議な表情を、その鉄の男はしていた。

無表情と言ってしまえばそれまでだが、その無表情の中に、どこか怖いものが潜んでいる。

笑っているように見えるのも、その男の眼が、単に細いからにすぎないようにも思える。

その男は、幽鬼のごとくに、両腕を身体の脇にだらりと下げ、竹智完を見つめているのである。

竹智は、藍染《あいぞ》めの作務衣《さむえ》を着ていた。

頭は、剃髪《ていはつ》しているわけではない。

やや長めの髪が、ゆるく額にかかっている。

ひよわさは、微塵《みじん》もないが、その面だちは端整《たんせい》であった。

鼻筋は通っており、瞳も大きい。

鼻の下から顎にかけて、髭《ひげ》が生えている。

それほどこまめに手入れをしている髭ではないが、見て、むさくるしい印象を与えるほどではない。

顔の作りは、どこをとっても日本人であるのに、その表情は、日本人離れをしていた。瞳の中に、どこか遠いものを常に見ているような色が宿っているのである。

午後の陽差しが、斜めに境内に差している。

その陽光の中で、音もなく桜の花びらが散っている。

竹智完にとっては、これまでとかわらない日々の光景のひとつであった。

その黒い男の存在ただひとつをのぞいて——

黒い鉄の男が、竹智に声をかけてきたのは、套路が終り、子供たちが竹智に挨拶をして帰ってゆき、境内に誰もいなくなってからであった。

「竹智さん——」

男は言った。

本堂の方にもどろうとしていた竹智は立ち止まり、男を見た。

それまでと、まったく同じ姿勢、同じ表情で、男がそこに立っていた。まるで、黒い鉄の像であった。

もしも、境内に他に人がいたら、その男が言葉を発したとはとても思えぬところであった。しかし、境内には、竹智の他には、その男しかいない。

「竹智完さんだね」

男はもう一度言った。

こんどは、その男の唇が動くのが見えた。

「ええ」

竹智はうなずいた。

竹智がうなずいたその瞬間に、すうっとその男の右足が前に出ていた。

まるで、刃物を無造作に前に押し出すような動きであった。

竹智の言葉の間合に、男の動きが滑り込んできたのである。

間《ま》の先《せん》を取られていた。

すうっと二歩目を男が踏み出した時、竹智は、同じ速度で自分の左足を後方にひいた。

男が、三歩目を踏み出した時、竹智は右足でまた退がる。

しかしまだこの両者の動きの先をとっているのは、黒い男の方である。

男の四歩目を、竹智は三歩目で受けて退がりながら、枝から離れ、舞い下りてきた桜の花びらを、右手を伸ばして宙でつかんでいた。

男が五歩目を出した時、もう、竹智は動かなかった。

男の五歩目に合わせて、桜の花びらを、右手からはらりと地にこぼしていた。

その動きで、黒い男が持っていた間の先が解消されていたのである。

竹智は、そこで立ち止まり、男も五歩目で立ち止まっていた。

男が五歩踏み出し、竹智は三歩退がっている。

距離が二歩縮まっていた。

まだ、闘いの間合ではない。

闘いの間合までには、まだ二歩分の距離があった。

男が一歩、竹智が一歩踏み出せば、闘いの間合になる。

攻撃が届く距離でこそないが、もしも闘いであれば、互いにファイティングポーズをとらねばならない距離になる。

男は、ようやく、それとわかる笑みを、唇の端に浮かべていた。

鉄のような笑みであった。

「どなたですか」

竹智は、その男に問うていた。

「久我重明——」

短く、男は言った。

竹智の知らない名であった。

「何か、御用ですか」

竹智は、その久我重明と名のった黒い男に向かって訊いていた。

「朱雀会の、黒滝という男を知っているな」

その黒い鉄のような男——久我重明は言った。

「ええ」

「その男に頼まれたんだよ」

「何をです」

「おまえを、連れて来いと言っている」

「行きたくありません」

「——」

竹智の言葉に、久我重明は黙したまま、またあの笑みを浮かべていた。

「別に、あんたの意志を訊いてこいと言われたわけじゃない」

「——」

「黒滝の前に連れて行った時、あんたが怪我をしていたっていいんだ」

久我重明は言った。

「すると、警察も一緒に連れてゆくことになるわなあ」

本堂の方から、のんびりとした声が聞こえてきた。

本堂の濡れ縁に、黒い僧衣を着た、愚尊が立っていた。

「警察？」

「もしも、おまえさんが無理矢理その男を連れてゆくんなら、このわたしが、警察に通報するからだよ」

「——」

「今、聴いちまったからな。朱雀会の黒滝というやつが、おまえさんに、完さんを連れてこいと言ったのだろう?」

「あんたは?」

久我重明が訊いた。

「愚尊と言うのさ。この寺の坊主だよ」

愚尊が言った。

久我重明は、愚尊を見やって、小さく頭を掻いた。

「竹智さん、あんた、おもしろいねえ」

ふいに、久我重明が言った。

「――――」

「あんた、昔、朱雀会の鉄砲玉やったんだってな」

「――――」

「その時、黒滝のペニスを二本にしちまったんだろう?」

〝ひゅう〟

久我重明がそこまで言った時、
と愚尊が口笛を吹いた。

それを、久我重明は無視した。

「ひとつ、提案があるんだけどね」

「提案?」

「おれと、賭をしないか」

「というと?」

「ここでね、おれと勝負してもらえるかい」

「勝負?」

「そうだよ。もしやって、あんたが負けたら、おれと一緒に黒滝のところまで行ってもらう」

「勝ったら?」

「次におれじゃない人間が、同じ目的でまたここへやってくることになるだろう」

「嬉しくない話ですね」

「どうだ、おれとやらないか」

まだ、久我重明は、どういう構えもとってはいない。

「久我さん。あんたがどうしてもやりたいと言うのなら、誰も、それを止められないでしょう。しかし、どっちが勝とうが負けようが、わたしは行くつもりはありません」

「ああ、そうだ。あんたが勝った場合のことについて、もう少し言うことがあったな」

「――」

「もしもあんたが勝ったら、あんたに賞品が出ることになっている」

「賞品?」

「的場香代《まとばかよ》という女の自由」

「なに!?」

竹智の声が大きくなった。

「なぜ、あなたが的場香代の名前を知っているのですか」

「的場香代は、おまえがいなくなってからずっと、しばらく前まで、黒滝にめんどうをみてもらってたんだよ」

「しばらく、前まで?」

「今は、このおれが預かっている」

久我重明は言った。

5

「香代を!?」

竹智完の声が、堅くなっていた。

この男が、どうして香代を預かっているのか――

竹智完の眼がそう言っている。

「どうだい。悪い取り引きじゃあないぜ。あんたが、このおれに勝ちゃあいいんだ。勝てば、黒滝のところへ行かなくていい。女も自由になる」

「久我さん、あんた、香代を無理やり――」

竹智完がそこまで言った時、

「違うわ」

横手から声がかかった。

女の声だ。

竹智は、一歩後方に退がってから、その声の方に視線を走らせた。

そこに、男と女が立っていた。

男は、ジーンズにTシャツ。

革ジャンパーを着ていた。

細身。

しなやかそうな肉体をした男であった。

研いだ刃物のような笑みを、その唇に浮かべている。

その笑みの中に、思わず拳を当てて折ってやりたくなるような白い歯が並んでいる。

その横に、女が立っていた。

山門の下であった。

この寺の境内までやってくるには、下の道から、石段を歩いて登ってこなければならない。

登りきったところに、山門がある。

大きな山門ではない。

寺としてはささやかな山門だ。

そのふたりの男女は、これまで、その山門の陰に隠れていたらしい。

女は、黒い、ロングコートを着ていた。

前が開いているため、その下に着ているものが見えた。胸元の大きく開いた黒いワンピース。

胸のふくらみも、白い肌も、よく見えた。

コートとワンピースの黒が、肌の白さを際だたせていた。

その胸元の白い肌の上に、長い髪がかかっている。

年は、二〇代の半ばを過ぎているだろうか。

いや、三〇歳くらいにはなるのだろうか。

顔が、やつれている。

瞳が大きい。

この瞳で見つめられただけで、若い男なら、股間のものを堅くしてしまうだろう。

凄愴《せいそう》な貌《かお》であった。

眸の中に、怖いものが潜んでいる。

貌立ちが美しい分、その瞳の中の怖いものが、凄みを増して見えるのである。

三〇歳に見えるのは、この女の貌にあるやつれと、凄愴さからくるものであり、実際はもっと若いのだろう。

その女が、今、声をかけてきたのだ。

その声に、覚えがあった。

その顔にも覚えがあった。

しかし——

こんなに、唇に口紅を厚く塗る女だったか。

こんなに赤い口紅を使う女だったか。

こんなに長い睫毛《まつげ》を使う女だったたか。

「香代……」

その女の名を、竹智完はつぶやいた。

的場香代。

なつかしい女だった。

愛しい女だった。

一日たりとて、忘れたことのない女であった。

もう、三年になるか。

三年半になるか。

自分は、この女を置いて逃げたのである。

黒滝に犯されていた女。

竹智が、鉄砲玉として横浜へ行っている間に、黒滝が香代に手を出したのである。

それを知って、竹智は、黒滝の口を裂き、ペニスを切った。

そのまま海外へ出て、三年。

香代を、わざとそこへ置いて逃げた。

もしも、香代が自分と一緒についてくることになったら、香代は不幸になると竹智は考えた。

香代も自分も不幸になる。

逃亡の生活。

朱雀会に追われ、びくびくとしながら生きてゆかねばならない。

そういう生活は、いつか、破綻《はたん》する。

自分と一緒なら追われるが、そうでなければ香代は自由だ。

新しい人生を生きることもできよう——そう思った。

だから、香代を残して逃げた。

「独りで行くの？　独りで行っちゃうの？」

泣きながら香代はしがみついてきた。

その香代をふり切って、去った。

「ひどいよ、ひどいよ」

「わたしが何をしたっていうのよ！」

鬼が、鬼の名を呼んだ。

鬼が、鬼を捨てて逃げた。

あの時の判断が、正しかったのかどうか。


それは、今もわからない。

しかし、一日として、香代のことを思わない日はなかった。

日本へ帰ってからも、香代のことはずっと気になっていたのである。

もし、居場所がわかるのなら、連絡をとろうかとも考えた。だが、まさか、黒滝のところに香代がいようとは。

「わたしは、無理やり、鎖につながれて、この人のところにいるわけじゃないわ」

香代は言った。

「——」

竹智には、言葉がない。

言葉が出てこなかった。

「また、逃げる気なの？」

香代が言う。

「逃げて、今度は、どこへ行くの？」

竹智に、言葉はない。

沈黙したまま、竹智は、久我重明と的場香代を見つめていた。

やがて——

「わかった、やろう」

竹智完は、久我重明に向かって言った。

「その気になったかい」

久我重明が、つぶやいた。

「完さん」

愚尊が、後方から声をかける。

「すみません」

竹智が、愚尊に向かって小さく頭を下げた時——

もう、久我重明は動いていた。

無造作に。

どういう予備動作もなく、すうっと足を前に踏み出していた。

いきなり、素速く動いたのではない。


ただ、前に出ただけだ。

自然すぎるほど自然な動きだった。

たまたま吹いてきた風に、その肉体を乗せただけのようにも見える。

竹智完は、完全に虚《きょ》をつかれていた。

二重の虚だ。

ひとつは、竹智が愚尊に向かって小さく頭を下げたその瞬間に合わせて久我重明が動いたことだ。

もうひとつは、その動きそのものだ。

攻撃しようという動作ではなかった。

あまりにも自然すぎる動き。

それで、竹智完は二重に虚をつかれていたのである。

一見は、ゆっくりとした、何気ない動作のように見えた。

しかし、疾《はや》い。

疾くて無駄がなかった。

竹智が気がついた時には、もう、久我重明は間合に入っていたのである。

足⁉

竹智が、最初に反応しようとしたのは、久我重明の足に対してであった。

虚をついて、間合に入った時、最も遠い位置から攻撃をしかけることができるのが、足であったからである。

しかし、足の攻撃はなかった。

かわりに、久我重明は、さらに深い間合に、足を踏み入れてきたのである。

竹智は三つ目の虚をつかれてしまったことになる。

なんという——

なんという、男か。

竹智完は、戦慄していた。

「ひゅっ」

小さく、久我重明の唇が音をたてた。


久我重明は、手技の間合に入っていながら、手では攻撃してこなかった。

拳を打ち込んでもこなければ、肘を打ち込んでもこなかった。

手の間合に入って、そこから足の攻撃を仕かけてきたのである。

それも、既存の格闘技の技ではない。

足で、ローキック——下段蹴りをねらってきたわけではない。

中段蹴りをねらってきたわけでもない。

上段蹴りをねらってきたわけでもない。

前蹴りでもない。

膝蹴りでもなかった。

最もシンプルな蹴り。

爪先で蹴ってきたのである。

場所は、脛《すね》だ。

脛をねらって、久我重明の右足が蹴り込まれてきたのである。

靴を履いていればこその蹴りだ。

そして、最も移動距離の短い蹴り。

ねらわれたのは、竹智完の左脚の脛であった。

「シッ！」

竹智は、その蹴りをかわしていた。

右へ跳んだ。

大きく跳んだのではない。

短く跳んだ。

しかし、完全にはかわしきれなかった。

左脚のふくらはぎの外側をこすりながら、久我重明の靴がはしりぬけていた。

竹智も、ただ、かわしただけではない。

左手で、蟷螂《かまきり》の斧《おの》を作り、その斧で、久我重明の右の顳顬《こめかみ》を、フックぎみに突きにいったのである。

その手が、上にはじき出されていた。

久我重明が、自分の右手の甲で、竹智の左手を上に跳ねあげながら、左の抜き手で腹を突いてきたのである。

もしも、顔面を今のタイミングでねらってきたのなら、逃げることもできたかもしれない。

しかし、久我重明がねらってきたのは、胴であった。

的の大きいボディだと、今の距離では逃げきることができない。

できるのは急所をはずすことくらいである。

肋骨《あばらぼね》の間に入ってきそうな抜き手であった。

右手を内側から久我重明の抜き手に引っ掛けて、その軌道《きどう》を外側にそらした。

その時にはもう、久我重明の右肘が、顔面に向かって迫ってくるところであった。

頭を沈めて、それをかわす。

足。

拳。

肘。

足。

拳。

拳。

膝。

拳。

至近距離で、目まぐるしい打撃の攻防がやりとりされた。

三秒。

ふたりが、距離を作って向かい合ったのは、最初の攻撃が入れられてから三秒後であった。

濃密な三秒であった。

その、わずかな時間の攻防だけで、精神力の大半が擦《す》り減ってしまいそうであった。

どういう隙き間も存在しない、固形物のような三秒。

こんな闘いをもう五秒も続ければ、体力を根こそぎ使い果たしてしまいそうであった。

二度、呼吸した。

竹智完がである。

乱れかけた呼吸を、その二度の呼吸で、竹智完はもとにもどしていた。

すうっ、と浅く腰を落とし、足を前後に開いた。

蟷螂《とうろう》拳。

間合の半歩向こうに、久我重明が、あの桜の樹の下に立っていたのと同じ姿勢で立っていた。

少しも呼吸を乱していない。

鉄の頬に、鉄の微笑が浮いていた。

「よかった……」

久我重明は、白い歯を見せた。

「楽しませてもらえそうだ」

久我重明の右手が、下からすうっと持ちあがってきた。

その右腕が、真っ直ぐ前に伸ばされた。

右手に、もう、拳が握られている。

直立した姿勢から、右拳が竹智に向かって突き出されたことになる。

妙な構えだ。

竹智が知っているどういう武道にもない構え。

その拳の向こうから、静かに、久我重明の眼が竹智を見つめている。

半眼——

なんという眼か。

そして、なんという色気か。

魅いられそうになる眼であった。

圧倒的な力を持った獣が、もはや逃げ場を失った獲物《えもの》を見る時、こういう眼をするのかもしれない。

吸い込まれそうな眼であった。

なんというセクシーなたたずまいであろうか。

喰われてもいい——思わず、そういう感情が肉の底から頭を持ちあげそうになる。


これほどの使い手がいるのか。

竹智は、悦びに似た、深い感動を味わっていた。

あの、羽柴彦六以外に、このような男がいるのか。

竹智は、動かない。

動けない。

見つめられていると、両手を広げてこの男をむかえ入れたくなってしまう。

その結果が、たとえ、死であっても。

まだ、間合ではない。

久我重明の拳は間合に入ってはいるが、久我重明の足、身体本体はまだ間合の外にいる。

いったい、どういう攻撃がくるのか。

五秒。

その時、久我重明が動いた。

動いたのだが、竹智には久我重明が動いたようには見えなかった。

どういう動きをしたのか。

竹智には、久我重明の身体が、ふくらんだように見えた。

次の瞬間、久我重明が間合に入っていた。

拳の位置をそのままに、右肘を曲げながら、すっと久我重明が前に動いたのだ。

拳の位置がそのままであるため、一瞬、竹智には、久我重明が近づいたのがわからなかったのだ。

わからないといっても、ゼロコンマ一秒にも満たない時間である。

間合に入った瞬間に、それまで静止していた久我重明の右拳が動いていた。

竹智完の顔面に向かって、その拳が打ち込まれてきた。

右手で、その拳を払おうとした。

わずかに遅れた。

久我重明の拳が、竹智の右頬を掠《かす》った。

「ちいっ」

「ぬんっ」

拳。

拳。

肘。

足。

拳。

二秒。

また、ふたりは向き合っていた。

久我重明の拳が掠めた竹智の右頬が、ナイフで切りつけたようにぱっくり割れていた。

ピンク色の肉が、その裂け目に見えていた。

その裂け目が、ふくらんできた赤い血でたちまち埋まってゆく。

その血が、裂け目の端から、つうっと頬を伝った。

二秒。

しばらく前と、同じかたちで、ふたりは向き合っ

ている。

竹智が蟷螂拳の構え。

久我重明は、ただ立っているだけだ。

どちらも動かない。

六秒。

「ずるいよ」

久我重明が、囁いた。

「今度はきみからきてもらおうか」

鉄の唇に、小さな笑みが点った。

しかし、言われたからと言って、すぐに動けるわけではない。

七秒。

蟷螂拳。

基本的には、相手の動きに合わせる技でその体系はできあがっている。

静止して、ただ突っ立っているだけの相手に仕掛けてゆくには、不向きであった。

竹智は、構えを解いていた。

すうっと腰をあげ、そこに立った。

右手を持ちあげ、拳にする。

腕を伸ばして、真っ直ぐ久我重明に向かって突き出した。

さきほど、久我重明が、竹智に対してやった構えであった。

「ほう……」

嬉しそうに、久我重明の眼が細められた。

6

「どうするのかね」

久我重明が訊いた。

「なかなかおもしろい技だったんでね、真似させてもらおうと思って——」

竹智完は微笑した。

「楽しいことを言うねえ、きみは」

久我重明の顔から、表情が消えた。

細い目が、さらに細くなる。

もはや、目を閉じているようにしか見えない。

ふいに——

動いたのは、久我重明であった。

前に出た。

一歩。

ただの一歩である。

無造作に前に足を踏み出しただけだ。

久我重明がやった技を使うのであれば、竹智が前に出なければならない。しかし、竹智より先に久我重明が前に出ていたのである。

竹智の、伸ばした拳のすぐ前に久我重明が立った。

「その技の欠点はね、相手が先に距離を詰めてしまったら通用しなくなるということだよ——」

久我重明は言った。


萩尾《はぎお》流の技だ。

縮手《しゅくしゅ》——

フェイントの一種——先に拳を間合に入れておいて、拳の位置を宙に固定したまま、足を踏み出して自分の肉体を間合に入れる。間合に身体が入った瞬間、止めていた拳を打ち込んでゆく。

普通は、互いに立って向き合っている最中に、初手からやる技ではない。

しかも、技を仕掛ける時、最初は腕が伸びきっているため、もしも相手が先に間合をつめてきたら、パンチを出すことができなくなる。

「知ってるよ」

言うのと同時に、竹智の右拳が前に伸びていた。

右拳を前に出して腕を伸ばした時、竹智は、肘にはじめからわずかにゆとりをもたせておいたのである。そのゆとりの分だけ、拳が前に出たのである。闘いの実際に使用されるのは闘いの最中である。闘いの最中に、拳を打ち出しておいて、それをもどさない。逆に身体の方を前に出して攻撃する、変則的な動きだ。

この技で、一番重要なのは、タイミングである。技を出すタイミングをうまくとって相手を幻惑する。闘いの最中に使用するにしろ、初手からやるにしろ、誰でもができる技ではない。久我重明であればこそ、できる技であった。

それを、今、竹智完が、真似をすると見せて、別の技に変化させて使用したのである。

竹智がやったのは、肘にゆとりを持たせておくことだけではなかった。足でもやっていた。

肘を伸ばしながら、爪先ひとつ、右足を前に出し、同時に右肩を回転させる。

これで、拳が前に出たのである。

それでもまだ、久我重明の顔面までは距離がある。

その、最後のわずかの距離を、竹智完は埋めていた。

右拳から、中指をはじき出して前に伸ばしたのである。

眼。

「む!」

久我重明が、首を右に振ってその指先をかわしていた。

久我重明の左の眼球のすぐ近くを、竹智完の指先がかすめた。指の残した風圧が、眼球の表面を撫でる。

もし逃げねば、眼球を指先ではじかれていたところだ。

逃げた久我重明の頭部を追って、竹智完の左拳が、もう動いていた。

あらかじめ、久我重明の動きを予測していた動きである。

ぱん、

下から、久我重明の右掌が、竹智完の左拳を、軌道の外側にはじき出していた。

久我重明は、頭を低くして、左足を前に踏み出した。

ふわりと、竹智完の懐に入り込んでいた。

肘。

真下から、竹智完の顎目がけて、久我重明の左肘が跳ねあがってきた。

竹智完は退がれない。

久我重明が、前に出した左足で、竹智完の右足の爪先を踏んでいたからである。

首を振って、肘をよける。

竹智の左頬を、久我重明の肘がこすりながら天に向かって疾《はし》り抜けた。

竹智の肘。

肘。

拳。

拳。

肘。

疾《はや》い。

疾い。

数秒のうちに、無数のやりとりがあって、また、離れた。

竹智完と、久我重明が向き合う。

「いいねえ」

久我重明が言った。

細くなった眼が、微かに笑っているらしい。

「えげつない技は、おれも好きなんだ」

竹智が仕掛けた、眼への攻撃について言っているのである。

竹智にしても、もとより、当ると思って仕掛けた技ではない。次へつなぐための技だ。しかし、当れば、眼球を指先で叩かれることになる。
「しかし、まずいな……」
ぼそりと久我重明が言った。
「何が？」
竹智完が訊く。
「だんだん、手加減できなくなる」
「それはまずいですね」
竹智完は、そろりと言って微笑した。
口から唾を吐き出した。
赤い。
血が混じっている。
久我重明の打撃をどこかで受けて、口の中を切っているらしい。
しかし、ダメージは、どこにもないように見えた。
ずい、と、初めて久我重明が腰を落とした。
左手が前。
右手が、左手のやや後ろ。
左手が上。
右手が下。
指先が、いずれも軽く開かれている。
みごとな構えであった。
先ほどまでとは、対照的な構えだ。
先ほどまでの両腕をだらりと下げた姿は、隙だらけであった。
隙だらけであったが、しかし、飛び込んでゆけなかった。
今は、隙がない。
やはり、飛び込んでゆけない。
竹智は、拳を持ちあげて、腰を落とした。
構えた。
バランスのいい構えだ。
「へえ」
久我重明がつぶやいた。
「空手かい」

空手の構え。
かつて、学んだことのある武林空手だ。
竹智が学んだ頃の武林館の空手では、手による顔面への攻撃はない。
しかし、この竹智の構えは、顔面への攻撃を想定したものだ。
つう、
と久我重明が前に出てくる。
竹智は、フットワークを使いながら、横へ動く。
久我重明が、次はいったい、何でくるのか。
打撃か。
それとも——
腰が、思ったよりも深く落ちている。
これは、組んでくるつもりなのか。
しかし、油断はできない。
組むと見せて、いきなり打撃でくることもある。
どうする。
うまく距離をとりながら、ローキックで様子を見る——試合ならばだ。
リングか、道場での、ルールのある試合ならそれでいい。
しかし、ここでは中途半端なローは出せない。
距離をとったまま、間合近くでフットワークを使う。
かまわず、久我重明が、すっ、すっ、と間合を詰めてくる。
それを、足を使って竹智が距離を維持してゆく。
肉が、熱くなっている。
背が、ぞくぞくとしている。
肉は熱いのに、背の皮一枚に寒さが張りついているようであった。
不思議な、震えのようなものが、竹智の肉にこみあげてくる。
久我重明と、闘いはじめた時にはなかったものだ。

それが、闘っているうちに、肉の底の方から生じてきたのである。はじめは、それに気づかなかった。しかし、ゆっくりとその量が増してくるにつれて、竹智はそれに気づいていったのである。

闘いの最中――ぎりぎりのところで動いている自分の肉の裡側《うちがわ》から、こういうものが生じてくるのか。

これは何だ。

恐怖?

たしかに、それは恐怖でもあるだろう。

狂気?

たしかに、それは狂気でもあるだろう。

恐怖でもあり狂気でもあるが、それは、まだ充分ではない。それを含みながら、なお、それを超えたものだ。

悦《よろこ》び。

そうだ。

そうなのだ。


これは、悦びである。

肉が悦んでいるのである。

この闘いを、久我重明という男との闘いを、自分は悦んでいるのである。

久我重明は、強い。

おそろしく強い。

実力の底が知れなかった。

自分が学んできたもの、身につけてきたものが通用しない。

そのことに、自分は今驚嘆しているのである。

そのことに、自分は今悦んでいるのである。

同時に、こみあげてきたのは、無念さであった。

日本に帰ってきてから、ずっと鍛錬は続けてきたものの、それは、実戦とは離れたものであった。

我流。

相手のいない稽古。

子供相手に教えたり、武術については素人同然のヤクザを相手にするには充分でも、この久我重明のような男とやるためには、駄目だ。
なんという中途半端なことで、時間を埋めてしまったのか、このおれは——
そこそこやる。
そこそこできる。
そう思っていた。
それが通用しない相手が目の前にいて、しかも、自分は今、その男と闘っている。
自分より、強い相手がいる——それを、不思議なことに、自分は今悦んでいるらしい。
逃げる。
久我重明が追ってくる。
逃げる。
久我重明が追ってくる。
逃げる。
久我重明が追ってきたその時——

不意に、竹智は足を止めた。
「ひゅっ」
鋭い笛のような呼気が、竹智の唇から洩れた。
このタイミングを計っていたのだ。
竹智は、足を踏み出しながら、久我重明の顔面に向かって、右の拳を打ち込んでいた。
はずされた。
拳が、空を切った。
頭を沈めて、久我重明が懐に入り込んでくる。
組んでくるか⁉
そう思った。
しかし、そうではない。
パンチだ。
久我重明の右の拳が、竹智の左の顳顬《こめかみ》に向かって飛んでくる。
鉤打《かぎうち》。
フックだ。

頭を沈める。

かわす⁉

かわしたと思った。

自分の頭の上を、久我重明の拳が通り過ぎたと思ったその時、竹智の頭部が止まっていた。

衝撃があった。

何があったのか。

髪を掴まれたのだ。

久我重明の右拳は、竹智の頭上を通り過ぎず、髪の毛を掴んでいたのである。

組むと見せて、打撃。

打撃と見せて、髪を掴んでくる。

何と異様な技を、こうまで鮮やかに使うのか。

下から、久我重明の右膝が跳ねあがってきた。

髪を掴まれている。

逃げられない。

両手で、ブロックする。

その両手ごと、膝で打ち抜かれた。

頭が、髪を掴まれて固定されている。

サンドイッチにされた。

力の逃げる方向がない。

強い衝撃。

髪を掴んでいた右手が離れた。

その意味が、竹智にはすぐにわかった。

肘だ。

左肘が打ち下ろされてくるのだ。

接し合っている久我重明の肉の動きからもそれがわかる。

右手が掴んでいた髪を放した時には、すでに左肘はその動きを始めていたはずだ。

下には、逃げられない。

膝が、まだそこにあるからだ。

逃げるとしたら、横しかない。

瞬時の判断であった。

判断というよりは、反応である。

久我重明が、髪の毛を放した時には、竹智は、もう動き出していた。

両手で、そのすぐ下にある膝を横へ突き放すようにして、首を左へ。

右耳を、久我重明の肘が擦った。

かろうじて逃げた。

逃げたその頭部を、久我重明の右足が追ってきた。

まだ膝を持ちあげたまま、右足の爪先を、逃げてゆく頭部に向かって跳ねあげてきたのである。

当てられた。

浅い。

浅いが、しかし、竹智は右の顳顬を、久我重明の右足の爪先で蹴られていたのである。

一瞬、意識が消える。

何十分の一秒かだ。

しかし、気がついたら、もう、顔のすぐ近くに地面がある。

桜の花びらが、数枚。

地に転がった。

「完ちゃん！」

女の声があがった。

悲鳴に近い声だ。

香代の声だ。

ああ、そうか、香代が見ていたのだった。

すっかり、そのことを忘れていた。

片手を突き、転がりながら逃げる。

久我重明が、追ってくる。

無理か。

逃げられない。

逃げるよりは、頭部を庇《かば》う方が先か。

しかし、頭部を庇ったら、逃げられない。

逃げたら庇えない。

久我重明が、頭部に向かって、左足を踏み下ろしてくる。

「やめて！」

また、香代の声がする。

やめろ。

無駄だ。

やめてと言ったからって、この久我重明がそんなことでやめるものか。

「くうっ」

竹智完は覚悟した。

仰向けになり、両腕で顔面を庇った。

いつ、そこに足が踏み下ろされてきてもいいように。

しかし、足は、踏み下ろされてはこなかった。

かわりに、乾いた音がして、頭のすぐ横の地面に、小石が落ちてきた。

ひとつ。

両腕の間から見あげる。

久我重明が立っていた。

自分ではない、別の方を眺めていた。

ゆっくりと、竹智は上半身を起こした。

立ちあがり、久我重明から距離をとった。

久我重明の視線の方向に眼をやった。

若い男と的場香代から、少し離れた場所——下の道から、境内まで上ってくるための石段がそこにはある。

その一番上——境内からは下り口にあたる場所だ。

そこに、ひとりの男が立っていた。

洗いざらしのジーンズ。

細みの身体。

Tシャツの上に、無造作に着た上着。

くしゃくしゃに乱れた髪。

人なつこい眼。

三〇代の半ばを過ぎた男。

その男が、右手の中で、小石を弄《もてあそ》びながら、笑みを浮かべて、こちらを見ていた。

その男が、久我重明に向かって石を投げたのだ。

久我重明は、顔に向かって飛んできたその石を払いのけるため、竹智への攻撃を止めていたのである。

「よう」

その男は、低い、愛敬のある声で言った。

羽柴彦六が、そこに立っていた。

7

久我重明は、動かなかった。

無防備とも言える状態で、ただそこに突っ立っていた。

立ち、見つめていた。

石段の下り口に立って、こちらを見つめている男を――

「彦六……」

低い声で、久我重明はその男の名をつぶやいた。

「まさか、こんなところで……」

久我重明の声は、かすれていた。

「久我重明か――」

彦六は言った。

右手に小石を持ち、左手をズボンのポケットに突っ込んでいる。

「何故、ここに……」

久我重明の声は、まだかすれている。

「そこにいる竹智完は、おれの知り合いでね――」

「弟子か」

「いや、弟子じゃない。知り合いだと言ったろう」

「へえ」

「おまえこそ、どうしてこんなところにいるんだ」

「そこの竹智を、連れてくるように頼まれてるのさ」

「ふうん」

彦六は、そこで初めて、視線を志村礼二に移した。

「久しぶりだな」

「おれのことを——」

「覚えてるよ。文平の知り合いだろう」

三年前、彦六と志村礼二は出会っている。

場所は松本であった。

志村の女を助け出すために、一緒に、女を拉致《らち》した男たちと闘っている。

彦六は、志村と、久我重明を交互に見やり、

「そういうことか」

何事か、納得したようにうなずいた。

彦六なりに、ふたりの関係を見てとったのであろう。

「ゆっくり、話していられる状況でもなさそうだな」

彦六はつぶやいた。

「彦六さん」

竹智完が、彦六に声をかける。

歩み寄ってこようとする竹智に、

「動かない方がいい」

彦六が声をかけた。

竹智が、踏み出しかけた歩みを止めた。

そのやりとりを、無言で久我重明が聴いている。

志村に、どうして彦六を知っているのかとも問わなければ、どう動くようにとの指示もない。

ただ、彦六だけを見つめている。

「なあ、彦六……」

久我重明が、小さな声で言った。

やっと聴きとれるかどうかという、ひどく優しい声であった。

「やっと会えたんだ。やるんだろう?」

そろりと言った。

声が、まだ震えていた。

しかも、その震えは大きくなっていた。

歯が触れ合って、小さくかちかちと鳴っていた。

〝あれ?〟

久我重明は、不思議そうな顔をした。

〝あれ?〟

どうして震えるのか。

どうして、歯が鳴るのか。

膝までが、がくがくと震え出していた。

「どうした、重明——」

羽柴彦六が言った。

「震えてるぜ」

「嬉しいんだよ」

久我重明が、答える。

「なあ、彦六、やってくれるんだろう?」

また、訊ねてきた。

「やる?」

「これをだ」

久我重明が、右手で拳を作り、それを軽く持ちあげる。

「いいか。逃げるなよ。逃げるなよ、彦六……」

久我重明が、軽く足を前に出す。

「待て——」

彦六が言った。

「待て?」

かすれた声で、久我重明が言う。

「萩尾老山《ろうざん》先生の時も、久我伊吉とやった時も尋常の立ち合いだったはずだ」

「知ってるよ」

「仇《かたき》をここで討つというのか」

彦六の言葉に、にいっと久我重明が笑った。

唇の両端が左右に吊りあがる。

唇が、V字形になり、白い歯が見えた。

「ばか」

そろりと言った。

「尋常の立ち合いだって?」

一歩。

「仇を討つだって?」

一歩。

久我重明の身体の震えが、ゆっくりと止んでくる。

「そんなことは、ゴミみたいなもんだ」

足を止める。

「どうでもいいことだ」

「では、何故、やる?」

彦六が訊いた。

「おまえと同じだよ」

「同じ?」

「おまえが、萩尾老山とやった理由と同じだと言ってるんだよ」

「——」

「おまえは、どうして、萩尾老山とやったんだ」

「——」

「萩尾老山だって、おまえがやらなきゃ、おれがやってたんだ」

「——」

「ずるいぜ。今さら逃げる気かい」

久我重明は、独り言のようにつぶやいている。

「おまえが強いからやりたいんだよ。おまえだからやりたいんだよ……」

「今、ここで?」

「いつでも、どこでも……」

久我重明の震えが止まっていた。

8

すでに、久我重明は、彦六の間合の縁に立っていた。

もう一歩踏み出せば、否応なく間合に入ってしまう。

この場合の間合というのは、実際に攻撃が相手に届く間合ではない。

何らかの構えをとらなければならない間合である。

しかし、久我重明は、その縁で足を止めていた。

その理由は、彦六が右手で弄んでいる小石であった。

もしも、間合に入る動きをした時、彦六がその小石を投げてくるかもしれない。

いったん動きを開始したその瞬間に石を投げられたら、この距離では、フットワークでかわすのは難しい。

手で払うか、受けてしまうか——そのどちらかを選ばねばならない。

仮に、手で払った時に、相手が踏み込んで攻撃を仕掛けてきたら、先手をとられてしまうことになる。

並の相手であれば、そのくらいの先手はとらせてやってもどうということはないが、彦六となると話は別である。

迂闊に、先手をとらせるわけにはいかなかった。

彦六は、左手をズボンのポケットに突っ込んだまま、右手で小石をいじっているのだが、その小石の効果を充分に意識している顔をしていた。

「その石、捨てる気はなさそうだな」

久我重明が、ぼそりと言った。

「ないね」

彦六が答えたその瞬間に、
ゆらり、
と久我重明の身体が最初の間合の中に入っていた。

疾《はや》い動きではない。

ゆっくりとした動作であった。

もし、石が飛んできても、フットワークを使える速度と動きであった。

普通であれば、腰を落とすか、両手を持ちあげて構えるか、相手の動きにすぐ対応でき、すぐ自分の攻撃に移ることのできるかたちを作らねばならない距離であった。
それでも、ふたりの肉体は、構えをとっていなかった。
久我重明は、両腕を両脇に垂らしたまま、棒のように立っているだけであった。
羽柴彦六は、あいかわらず左手をポケットに突っ込んだままだ。
「ふふん」
久我重明が笑った。
「ふふん」
羽柴彦六が笑った。
その時——
いきなり、久我重明が動いた。
いや、動いたように見えた。
彦六に向かって、左足を前に踏み出したように見えた。
しかし、実際には、足は前に出てはいなかった。
フェイントである。
そのフェイントに、彦六が反応した。
彦六の右手が動いていた。
彦六の右手から、久我重明の顔面に向かって、石が放たれていた。
久我重明の右手が、自分の顔の前の空間を撫でていた。
久我重明の右手の中に、宙を飛んできた石が握られていた。
しかし、久我重明のやった動作はそこまでであった。
彦六に向かってそのまま突っかけもしなければ、手の中の石を投げもしなかった。
その理由は、すぐにわかった。
彦六の左手が、ズボンから出ていた。
その左手に、さらにもうひとつの石が握られていたのである。

もしも、迂闊に久我重明が動いていたら、その瞬間に、彦六は左手の小石を投げていたかもしれない。

「性格の悪い野郎だ」

「あんたほどじゃない」

「ふふん」

ふたりの唇に、微笑が点《とも》っていた。

「これで五分と五分だ」

彦六が言った。

「わざと石をくれたか」

久我重明が言った。

さらに、距離が縮まっていた。

もう少し動けば、打撃の間合に入ろうかという距離であった。

しかし、ふたりは、まだ構えようとしなかった。

それまでと違ったことと言えば、距離がつまったことと、彦六の左手がポケットから出たこと、そして久我重明の右手にも、小石が握られていることである。

息がつまるような闘いであった。

志村礼二も声をかけられない。

竹智完も声をかけられない。

ふたりの間の空間が、固形物と化したかのように、久我重明と彦六は動かない。

痛いような沈黙であった。

その時――

動いた。

志村礼二には、どちらが先に動いたのかわからなかった。

竹智完の眼にも、どちらが先に動いたのかはわからなかった。

同時に見えた。

「ふひゅっ」

「ふしゅっ」

ふたつの唇から、同時に呼気が洩れていた。

足。

足。

拳。

拳。

足。

拳。

足。

拳。

目まぐるしくふたりの攻撃が交差した。それを、互いに、受け、払い、流し、跳ねあげた。

小石は、まだ、ふたりがそれぞれの手の中に握り込んでいる。

闘いの中の、ここぞというべきところで石を使用しようと、ふたりは考えているらしい。

彦六は左拳の中。

久我重明は右拳の中。


攻撃する方も、受ける方も、互いに相手が石を持っていることを知っており、それを前提とした動きで、相手の技に応じ合っている。

一瞬たりとも気を抜けない。

久我重明は、唇を吊りあげて笑っていた。

羽柴彦六も、唇を吊りあげて笑っていた。

ふたりとも、自分の唇に、どういう笑みが貼りついているのか、わかってはいないであろう。

ふたりの攻防は、すでに眼で追えるものではなくなっていた。

竹智完は、それを見ながら愕然《がくぜん》となっていた。

先ほどの、自分の闘いは、いったい何であったのか。

自分と闘っている時、久我重明は、実力の半分も出していなかったのではないかとさえ思える。

もしも、今の久我重明と自分とが闘っていたら、たちまちのうちにぶちのめされていたことであろう。

明らかに、自分と闘っている時、久我重明は遊んでいた——いや、遊んでいたという表現が適当でないのなら、ゆとりをもって闘っていた。

その遊び、ゆとりが、久我重明から消えていた。

疾い。

鋭い。

どこにも隙のない構造体のような闘いであった。

始めの、呼吸すら忘れてしまうような間の取り合い、やりとりのあとに、瞬時にここまでのレベルの闘いに、人の肉体は移ってゆけるのか。

「しゃっ！」

久我重明の右拳が、横からフックぎみに彦六の左側頭部を襲った。

鉤打《かぎう》ち——

その拳が、軌道の途中で変化した。

掌《しょう》になった。

開かれた掌の、人差し指と中指との間に、小石が挟まれていた。

石が挟まれているのは、指先であった。

もし、その攻撃を、彦六が左手ではじいたとしても、小石だけは指先を離れ、同じ軌道を疾《はし》って彦六の顳顬《こめかみ》にぶつかってくるであろう。

ただかわすだけなら、なお、久我重明の手の中に小石が残ってしまう。

「ぬ⁉」

彦六は、曲げた左腕で、その攻撃を受けた。

久我重明の掌の底の部分が、彦六の左手首のあたりにぶつかった。

小石が離れ、彦六の側頭部に向かって宙を飛んだ。

その時には、もう、彦六の頭部は、自分の両腕の間に沈んでいる。

彦六の後頭部を掠《かす》めて、石が疾り抜けた。

そのとき、竹智は見ていた。

宙に、ひとつの小石が浮きあがっているのを。

それは、彦六が、左手に握っていたはずの小石であった。

いったい、彦六は、その小石をいつ投げたのか。

久我重明の攻撃を受けるための動きを左手がした時に、その手から離れたもののはずだ。

その小石は、ほとんど重力のないもののように、ふたりの頭上に浮きあがっていた。

その石が、落下し始めた。

9

彦六の左拳が動いていた。

久我重明の顔面に向かって——

ほとんど真横からだ。

久我重明が彦六に向かって放ったのと同様の鉤打ち。

久我重明は、自分に向かって近づいてくるその拳を、視界の隅に捕えていた。

妙な角度だった。

浅い。

スウェーでかわさなくとも、手ではじかなくとも、鼻をかすめて、その拳は通り過ぎてゆくはずであった。

久我重明は、考えるのよりもっと疾《はや》い速度で、それを理解していた。

瞬時の思考——というよりは、脳の反応と言っていい。

それならば、そんな拳は放っておいて、次の攻撃にゆくべきであろう。

次の攻撃は、足だ。

そう判断した時、近づいてくる拳と、久我重明との間に、何かが上から落下してきた。

拳が、何かを打つ小さな音がした。

その瞬間、彦六の拳ではない別のものが、久我重明の顔面に向かって、飛んできた。

黒いもの。

彦六の拳から放たれた、弾丸のようであった。

それを見た瞬間、久我重明は、そこで何が起こったのかを理解していた。

彦六が、持っていた石を上へ放りなげ、落下してくるそれを、宙で打ったのだ。

小さな石だ。

拳を当てれば、充分にその軌道を変えることができる。拳へのダメージも、鍛えてある拳なら問題はない。

そのかわりに、飛んできた石が久我重明にぶつかってもダメージはない。直接眼にぶつかるのならともかく、たとえ顔に当ったとしても、怪我をするほどのものではない。

しかし、眼に当るかもしれないと思えば、その石を避《さ》けるため、闘いの最中に別の動作をすることになる。

頭部を動かして、石を避《よ》けるか、手でそれを払わねばならない。

眼にさえ当らなければ、何もせずにその石を顔に受けてしまうことも、方法としてはあろう。しかし、ダメージはないにしても、石が顔に当れば、その時やろうとしている動作に乱れが生ずることになる。

たとえ、どれほどわずかにしろ、恐いのはその乱れの方である。

心が乱れる、動きが乱れる——それがどれほどわずかであろうと、その乱れを突《つ》いて、小石よりもっと恐いものが、次には襲ってくることがわかっているからである。

それだけのことを、久我重明は、瞬時に思考したのである。

思考——というほどの流れはそこにない。

一瞬の閃《ひらめ》きだ。

その閃きを、順を追って説明するとそうなるということであり、それにかかった時間は、赤い色を見た時に、脳がそれを赤と判断するのと同じである。

久我重明の場合、闘いの最中に思考するということは、すなわち動くということである。

石を、彦六の拳が打った時には、久我重明は、思考し、動いていた。

この場合の動きというのは、石に対して反応しないということだ。

自分に向かって飛んでくる石など存在しない、たとえ顔にぶつかっても驚かない、どういう反応もしない――それを決めたのである。

眼にその石が当るか当らぬかは、賭《か》けだ。

当らぬ確率の方が高い。

久我重明が石の存在を無視すれば、ここで彦六は、致命的なミスを犯したことになる。

当らないパンチを放ったことになる。

久我重明は、そのパンチをかわす動作をはぶいて、彦六に攻撃を加えればいいことになる。

久我重明が、石の存在に気づかないか、気づいたのならそれに対して何らかの肉体的反応をしてくれることを望んでの、彦六の石攻撃であった。

「シッ!」

久我重明は、左手の指先を揃え、それを彦六の顔面に向かって突き入れていた。

その瞬間、久我重明は、強い衝撃を右の頬骨に受けていた。

ごりっ、
という硬い感触。

ごつん、
という衝撃。

何が起こったのかを、久我重明は理解していた。

自分の鼻先を掠めるはずであった彦六の左手が、頬を叩いたのである。

拳であるはずの左手が、開かれ、掌《しょう》になっていた。

その掌で、頰を叩かれたのであった。

拳が、掌になった分距離が伸びて、指の付け根で頰を叩かれたのだ。

しかも、その掌は、石が久我重明の頰に当ったその瞬間に、石の上から頰を叩いてきたのである。

頰が抉られた。

肉が潰された。

なんという男か。

羽柴彦六——

だが。

傷はつけられたが、しかし、当ったのが指の付け根の部分でよかった。掌の底の部分、掌底で叩かれていたら、傷より大きなダメージを負うところである。

しかし、わずかに遅れはしたものの、まだ頰に石が触れている間に、久我重明の攻撃もまた、彦六の顔面を襲っていたのである。

が、久我重明の攻撃は、頰に受けた衝撃で、わずかに軌道が逸《そ》れていた。

彦六もまた、久我重明の攻撃を避けるため、左側に首を振っていたのである。

久我重明の左掌の指先が、彦六の右頰を裂いていた。

まるで、刃物で裂いたような傷が、彦六の右頰に生じていた。

離れた。

向き合った。

どちらの呼吸も、まだ乱れてはいない。

10

彦六の右頰が、ぱっくりと割れて、そこから血が流れ出していた。

血は、頬を伝い、喉を下って、Tシャツの内側にまで這い込んでいた。

久我重明の右頬が抉られていた。

そこから血が流れ出している。

その血も、頬から首筋を伝って、シャツの襟元から その内側に這い込んでいた。

「笑ってるぜ。彦六」

久我重明が、ぼそりと言った。

確かにそうであった。

羽柴彦六の唇に、楽しそうな笑みが浮いている。

「おまえこそ……」

彦六は言った。

「楽しいだろう」

久我重明が言う。

「ふふん……」

彦六が、浅く腰を下とす。

見ている者は、声もなかった。

竹智完も、声を出せなかった。

志村礼二も、ただ、ふたりの闘いを見つめているだけであった。

的場香代も、悲痛な顔でふたりを眺めている。

明光寺の住職、愚尊も言葉が無い。

無言であった。

仕掛けられて始めた勝負とはいえ、この闘いを、彦六が嫌《いや》がっているようには誰の眼にも見えなかったのである。

つううっ、
と動いた。

久我重明がである。

右に。

同時に彦六も右に。

互いに相手を回わり合うように動いた。

石のように硬い、張りつめた空間が、ふたりの間にある。

眼に見えない球状のその空間の外側を、球面に沿って、ふたりの肉体が回わってゆく。

硬いその空間が、きりきりと軋《きし》み音をあげるようにして、半径を小さくしてゆく。

ふたりの肉の持つ圧力が、その空間をねじるように搾《しぼ》りあげてゆくのである。

近づいてゆく。

近づいてゆく。

ふたりの肉体が、数ミリずつ近づいてゆく。

眼に見えないその球体が、限界近くまで圧力をかけられて、石からガラス質のものへと変質していた。

何かのきっかけさえあれば、たちまちそれが砕けて、ふたりの肉体がまたぶつかり合うことになる。

そのきっかけを捜すように、ふたりの肉体が、回わる。

ふたりの間に、飛んできた桜の花びらが落ちる――それでもきっかけになる。


ふたりのうちのどちらかが、呼吸をひとつわずかに狂わせる――それでもきっかけになる。

鳥が鳴くのでもいい、風が吹いて、ふたりのうちのどちらかの髪の一本を、眼の前になびかせるのでもいい、どのように些細《ささい》なことでも、そのきっかけになるはずであった。

だが、そのきっかけは、桜の花びらでもなければ、呼吸の乱れでも、風でもなかった。

それは、小さな悲鳴であった。

いや、悲鳴にまでもいかない、ひきつれた声。

口まで出かかった声を呑み込む時に、喉にひっかかった――そういう声、あるいは音であった。

「ひっ」

とも、

「あっ」

とも、

「たっ」

とも聴こえた。

女の声であった。

四〇歳くらいの女が、九歳前後の子供をふたり連れて、下から石の階段を登ってきたのである。

ひとりは、男の子だ。

もうひとりは、女の子だ。

女は手に紙袋を下げていた。

竹智は、その女が誰であるかを知っていた。

竹智が、中国拳法を教えている子供の母親であった。

一緒にやってきた男の子が、竹智が教えている男の子であった。女の子は、その妹だ。

母親は、時おり、家で何か煮たり料理した時に、それを寺まで持ってきてくれることがある。

月謝も何も取っていない竹智への感謝の気持からなのだが、それがたまたまこういうタイミングになってしまったらしい。


その母親の声と共に、ふたりの攻防が始まっていたのである。

「しゃっ！」

「ひゅっ！」

ふたりの口から、鋭い呼気が迸《ほとばし》った。

女と、子供は、その光景を、石段の一番上に立ったまま眼にしていた。

何がそこでおこっているのか。

女には、それが理解できない。

いや、誰が見ても、その光景を理解できはしないであろう。

ふたりの人間が闘っている——それはわかる。

それを何人かの人間が眺めている。その中には、子供に、拳法を教えている竹智もいる。

わかるのは、それだけだ。

何故、闘っているのか。

何故、眺めているのか。

試合なのか。

喧嘩なのか。

試合ならば、何故、ふたりとも私服なのか。

何故、こんな場所でやるのか。

仲のよいふたりが、練習をしているようにも見えない。ふたりの闘いは、とても、試合のようにも練習のようにも見えない。しかも、ふたりとも顔から血を流しているではないか。

尋常の闘いではない。

ならば、これは、喧嘩なのか。

しかし、喧嘩であれば、何故、見ている者たちはこれを止めようとしないのか。

混乱した。

女の思考は、ふたりの男の顔から流れる血を見て、パニック状態になっていた。

もしも、こういう光景に一番ふさわしい言葉があるとしたら、それは、

〝決闘〟

である。

だが、女の頭には、そういう言葉を浮かべるだけのゆとりがない。

しかし、浮かべたところで、状況にどういう変化もありはしないだろう。

「あ、あ……」

女は、口を開いたまま、何かを言おうとするのだが、それが、言葉にも声にもならない。

何なのか。

どうしたらいいのか。

女は、救いを求めるように、竹智完を見やった。

竹智は、その視線を受けて、何かを女に言わねばと思った。

自分が教えている子供もいる。

しかし、竹智は竹智で、その女に掛けてやるどういう言葉も思いつかなかった。

何でもないのです。

心配はいりません。

そういう、状況をいささかも変えはしない言葉くらいしか思い浮かばない。

試合です。

練習ですから。

それで、納得してもらえるとも思えない。

竹智が迷っているそこへ、

「かまわんよ、警察へ電話を頼む」

愚尊の声が響いた。

女の眼が、宙を泳いで、声の主を捜した。

愚尊を見た。

「電話じゃ」

愚尊がもう一度言った。

「は、はい」

女はうなずいた。

頭を下げ、子供の背を押し、転げ落ちそうになりながら、石段を下りだした。

すぐに、女の姿は見えなくなった。

愚尊は、闘っている彦六と久我重明を見やり、

「悪く思わんでくれ。どういう事情があるかは知らんが、ここで死人が出るのを、黙って眺めていたという評判が立つのは困るんでな」

そう言った。

しかし、ふたりは答えない。

闘い以外のことに、わずかでも気をとられれば、たちまち相手の攻撃に身をさらしてしまうからである。

「シッ!」

「ハッ!」

常人の眼では、ふたりの手や足が生み出す速度に追いつけない。

「近くの駐在所に人がいれば、五分で誰か駆けつけてくる。勝負をつけたいのなら、それまでに決める

ことだな」

愚尊は、どこか、まだゆとりのある声で言った。

歩いてくると、竹智の横に並んだ。

「あの男は、警察が来たからと言って、逃げたりせんですむ男なのだろうな」

耳元に唇をよせて、愚尊は、囁いた。

彦六のことを言っているのである。

「たぶん――」

とだけ竹智は言った。

「あちゃあ」

愚尊は、右手を額にあて、

「たぶん、か」

苦笑した。

「もっとも、逃げなければいけないのなら、とっくに逃げ出してるでしょう」

竹智は、自分に言い聴かせるように言った。

石段を駆け足で登ってくる足音が聴こえたのは、本当に五分後であった。

さっきの女が、携帯電話を使用して、一一〇番し、そこから近くの交番に連絡が入ったとすれば、こんな時間だろうと思えた。

しかし、それでも、ふたりは闘うのをやめなかった。

制服姿の巡査ふたりが、境内に姿を現わした。

「どうした?」

「何があった?」

巡査ふたりは声をかけたが、答える者はない。

巡査ふたりが、羽柴彦六と久我重明を見やった。

ふたりの頬に、血がまだこびりついていた。

しかし、驚いたことにその血はすでに止まっている。

「こら!?」

「何をしている?」

巡査がふたりで声をかけても、久我重明と羽柴彦六は、わずかたりともその声に気をとられたりはしなかった。

闘いは続いている。

「おい」

巡査のひとりが、声をかけ、ふたりの間に割って入ろうとした。

しかし、ふたりの肉体の動く速度が疾すぎて、割って入るタイミングがつかめないらしい。

獅子と虎の闘いを、素手の人間が止められないのと同様であった。

割って入れば、たちまち骨と肉がばらばらになってしまいそうであった。

もしも、一方が自分から闘いをやめれば、その瞬間に、相手の牙にやられてしまうだろう。

「おい」

「聴こえんのか」

ふたりの巡査の声が、怒声になっていた。

「しかたがない」

愚尊がつぶやいた。

「わたしが行くよ、完さん……」

そう言った時には、もう、愚尊は歩き出していた。

すい、すい、と足を前に踏み出し、ふたりの前までやってくると、

「ここまで」

そう言って、
ぽん、
と両手を打ち、すうっとふたりの身体の間に歩み入ったのである。

ふたつの肉体の争いに、愚尊の肉体が巻き添えになるかと思えた時――

愚尊の身体を避けるように、彦六と久我重明は後方に退がって、愚尊のための空間をそこに作っていた。

その空間に、ふわりと愚尊の肉体が入り込んで、

そこに立ち止まった。

「ここは、この愚尊のあずかりじゃ」

愚尊は言った。

11

「あずかりじゃ」

愚尊が言った。

愚尊をはさんで、久我重明と羽柴彦六は、ようやく充分な距離を取っていた。

それを確認してから、愚尊は溜めていた息を吐き出した。

「死ぬかと思ったわい」

ほっとしたように言った。

ふたりの巡査が、駆け寄ってきた。

「どうしたんですか」

ひとりの巡査が、愚尊に声をかけた。

「何をやってたんだ。おまえたち」

もうひとりの巡査は、興奮した口調で彦六と久我重明に言った。

どちらも、頬から流れ落ちた血が、襟からシャツの中まで入り込んだ跡がある。

ふたりとも、血は止まっていた。

血液中に大量に分泌されたアドレナリンが、血を止めたのである。

「試合じゃよ」

愚尊は言った。

「これは喧嘩ではない。試合じゃ」

「試合?」

巡査のひとりが訊いてきた。

「ああ、試合じゃ。やっているうちに、ついふたりとも夢中になってしまっただけでな――」

「本当ですか、愚尊さん」

もうひとりの巡査が、愚尊にそう言ってから、彦

六と久我重明、それから竹智完を見やった。

巡査は、ふたりとも愚尊とは顔見知りである。

そこにいる竹智完が、子供たちを相手に、この境内で中国拳法を教えているのも知っている。

「完さんの知り合いが、たまたま遊びにきて、ちょっと試合のまねごとをしているうちに、夢中になってしまってね」

「しかし、あちらの方が――」

巡査のひとりが、階段の方を見やった。

そこに、さきほど境内までやってきた子連れの女性が立っていた。

「電話をするように言ったのは愚尊さんだと――」

「いや、わたしも、本堂から出てきた時にふたりが闘っているのを見て、思わずそう言ってしまったのですが、こちらのふたりがわたしの知らぬうちに寺を訪ねてきていたというわけでしてな」

半分は本当のことを言った。


「完さんの審判で、試合をしていたのだが、わたしがそれに気づかなくて――」

「――」

「久保田さんに、通報するように言ってから、試合であることを完さんから聴かされたのです」

すぐ向こうにいる、子連れの女性に聴こえるように言った。

「そういうわけじゃ。早とちりをしたこの愚尊の責任じゃ。すまんかったなあ、久保田さん――」

愚尊が頭を下げた。

子連れの女性の名前は、久保田というらしい。

「そうだったのですか」

「それでいいんですね」

ふたりの巡査は、羽柴彦六と久我重明に声をかけた。

「まあ、そんなところです」

彦六は、右手を持ちあげ、指で、音をたてて頭を掻きながら苦笑した。

人なつこい、見る者をほっとさせる笑みが、彦六の顔を包んだ。

その笑みにつられて、ふたりの巡査の緊張もゆるんでいた。

久我重明は、

「ふん……」

と、小さく溜め息のような呼気を鼻から洩らしただけであった。

愚尊のとりなしで、どうにかその場はおさまり、ふたりの巡査と、子連れの母親が帰っていった。

愚尊の手に、女が持ってきた、手提げの紙袋が残った。

中に、女の家でやっている畑から穫《と》れたという大根、玉葱《たまねぎ》、胡瓜《きゅうり》が入っていた。

「彦六——」

久我重明が、羽柴彦六の名を呼んだ。

「何だ」

彦六が、久我重明を見た。

「ほっとしたよ、おまえが逃げなくてな」

「逃げたかったよ」

彦六が言った。

「てめえが逃げるものか」

「逃げるさ」

「おれよりえげつないことをするくせに」

「ふふん」

彦六が、微笑した。

久我重明は、志村礼二に視線を移し、

「おまえら、知り合いだったんだな」

そう言った。

「ああ」

彦六はうなずき、

「強くなるぞ……」

志村礼二に向かって言った。

る。

「その男から教えてもらえばな」

そう言った彦六を、志村礼二は、無言で睨んでいる。

「おれは、勝つぜ」

ぼそりと礼二は言った。

「勝つ？」

彦六が訊いた。

「あんたの教えている、文平――加倉文平にだよ」

「おれは別に、教えちゃいないよ。あいつは、自分で勝手に強くなってるんだ」

「どっちだっていい」

「――」

「今年の秋、文平が出るのなら、おれも出場する」

「武林館のオープントーナメントか」

「ああ」

「おれも観にゆくつもりでいるよ」

彦六が言った。


「そうかい、秋に来るのかい」

久我重明が、唇の両端を吊りあげて、笑った。

「この続きは、東京だな」

ぼそりと言った。

視線を、久我重明は、的場香代に向けた。

「香代」

久我重明は、乾いた声で言った。

「――」

的場香代が、久我重明を見やった。

「好きにしろ」

「え⁉」

「ここに残るも、おれたちと一緒に東京にもどるも、好きにしろと言ってるんだ」

「――」

「黒滝には、おれが、適当に言っといてやる――」

言い終えるなり、久我重明は後方に退がった。

彦六から充分な距離をとってから、ふいに背を向けた。

「行くぜ、礼二」

久我重明は、もう歩き出している。

志村礼二は、彦六と竹智完を見つめ、

「へっ」

小さく息を吐いて、背を向けていた。

久我重明、志村礼二の順で、石段を降りてゆく。

すぐに、ふたりの姿は、石段の向こうに見えなくなった。

羽柴彦六、愚尊、竹智完が並んで境内に立っている。

桜の樹の下に、的場香代がただ独り、ぽつんと残って、舞い下りてくる桜の花びらの中で立っていた。

ゆっくりと、竹智完が的場香代に近づいていった。

的場香代の前に立った。

「すまなかった……」

竹智完はつぶやいた。


「おまえのことは、忘れたことがなかった——」

的場香代は、声を、小さくひきつらせた。

言葉を出そうとしているらしいが、言葉は出てこなかった。出てきたのは、低い、嗚咽《おえつ》の声であった。

的場香代は、竹智完の胸にしがみついて、泣きはじめた。

12

「そういうわけだったのですか」

鳴海俊男は、座卓の向こうにいる竹智完に向かって言った。

「ええ」

竹智完がうなずいた。

「彦六さんとは?」

「その晩は、一緒に明光寺に泊まりました」

「的場香代さんは?」

「一緒です」

落ちついた声で、竹智完は言った。

鳴海の家であった。

開け放した窓から、潮の香を含んだ風が入り込んでくる。

すでに、ビールの空き瓶が二本並び、ふたりが飲んでいるのは、日本酒になっていた。

「その翌日には、明光寺を出ました」

竹智完は、持っていた杯を置いて、そう言った。

「出たのですか、翌日に――」

「ええ」

「何故です」

「朱雀会に、知られてしまったからです。それから、もうひとつ――」

「もうひとつ?」

「久我重明に、義理を果たしておかないと――」

「そういうことですか」


鳴海はうなずいた。

〝黒滝には適当に言っておく〟

久我重明は、そう言って去っていったという。

その〝適当〟の中身は、だいたい想像がつく。

明光寺に行ったが、もう、竹智完はいなくなっていた――

そういうところだろう。

したがって、的場香代を手元に置いておく理由もなくなる。

もともと、的場香代は、自由にしていいからと、黒滝が久我重明にあてがった女である。その香代を、久我重明は、志村礼二に預けたかたちになっている。

竹智がいなかったので、女を自由にした――そういえば済む。

しかし、そう言っておきながら、実は明光寺にまだ竹智完が残っていて、しかも的場香代と一緒であったということまでわかってしまったのでは、久我重明の立場がない。

そう考えて、翌日にはもう、竹智は明光寺を出たのであろう。

「彦六さんは？」

「一緒に出ました」

「しばらくは、一緒だったのですか」

「いいえ」

竹智完は、首を左右に振った。

明光寺を出たその日のうちに、花巻の駅で彦六とは別れたのだという。

彦六は北へ。

竹智は的場香代と一緒に南へ。

「せっかく会えたんだ。野暮はしないよ」

彦六は、そう言って、盛岡へ向かう新幹線に乗ったのだという。

「充分、話はしたのですか」

「ええ。明け方近くまで」

四人で酒を飲んだ。

そのおり、明光寺の愚尊には、ふたりの事情について話をした。

愚尊と彦六とは、話が合った。

ひと晩で、十年来の知己のごとくに、遠慮のない仲になっていた。

明光寺を出るおり、

「ほとぼりがさめたら、いつでも来なさい」

愚尊は、竹智に言った。

「子供たちには、わしから、うまく言うておく――」

竹智が、寺を出てゆかねばならない事情は飲み込んでいる。

「残念ですが――」

竹智は、子供たちに、中国拳法を教えるというのが、自分でも気に入っていた。

子供たちと一緒に、明光寺の境内で套路をやるというのは、悪い時間ではなかった。

もともと、金を取って教えていたわけではない。

そういう意味の責任はないが、すまないという思いがある。

未練もある。

しかし、ひとまずは、明光寺を出ねばならない。

「完さん、妙な縁だったが、縁は縁だ。あんたの作ってくれるうまい飯《めし》が食えなくなるのは淋しいが、ここを、自分の家と思うてくれていい」

そう言って、愚尊は視線を移し、

「あんたもじゃ」

彦六に向かって言った。

「来る時は、一本ぶらさげてうかがいますよ」

「おう、頼む」

そして、三人は、明光寺を後にしたのであった。

「愚尊さん、淋しかったでしょう」

空になった竹智の杯に、鳴海が酒を注いでやる。

「それで、彦六さんとは?」

鳴海が訊いた。

「花巻で別れてから、会っていません」

「そうですか」

「しかし、行くと言ってましたよ」

「行く?」

「秋の、武林館の大会には、顔を出すと言ってました」

「では、会えますね」

「ええ」

「さっきの話では、志村礼二も出場すると言っていたようですが」

「だと思います」

「では、久我重明も会場に?」

「たぶん」

竹智は、鳴海が酒を注いでくれた杯を手にとって、口に運んだ。

「しかし、不思議な気もしますね」

鳴海は言った。

「何のことですか」

「久我重明ですよ。あなたをそのままにしてくれたんでしょう。香代さんのことも、自由に——」

「ええ」

「何故でしょう」

「彦六さんと、会ったからでしょう」

「彦六さんと？」

「そうです」

うなずいた竹智の顔をしばらく見つめ、

「そうですか、彦六さんですか」

鳴海は言った。

「こっちのことは、どうでもよくなっちゃったんでしょう」

竹智完は言った。

「ええ」

「久我重明の本命は、彦六さんだったということです。本命が現われたら……」

「他のことはどうでもよくなっちゃったと——」

「たぶん」

「でも、彦六さんの件も、久我重明としては、あっさりとひきましたね」

「安心したんでしょう」

「安心？」

「彦六さんが、逃げないということがわかったんでしょう」

「なるほど」

「ついでに、彦六さんには、恩を売ったようなかたちですからね。香代を自由にしたのもある意味では、彦六さんとの取りひきみたいなものだったんじゃないですか」

「竹智さんと香代さんを自由にする——かわりに、逃げるなよと——」

「そうです」

「邪魔が入らない場所で、もっときちんとした決着をつけたいということでしょう」

「帰り際に、餌も撒《ま》いて行きましたから」

「餌？」

「志村礼二が、加倉文平を倒すと言ったことです。あれで、久我重明は、秋の武林館のトーナメントに、彦六さんが顔を出すと思ってるでしょう」

「では、その時に——」

「久我重明が、彦六さんに何かを仕掛けるのではありませんか」

「どちらが勝つと思いますか」

「彦六さんと久我重明？」

「ええ」

「わかりません」

「わからない？」

「ええ。わたしは、久我重明と手を合わせた時、こんな男がいるのかと思いましたよ。抜き身の刃が、いつも喉元に突きつけられているような気がしました……」

しみじみとした口調で、竹智完は言った。鳴海は、竹智をしばらく見つめてから、

「うちの芥も、トーナメントには出場します。できることなら、志村礼二とあててやりたい」

「志村——あの男ですか」

「芥は、以前に志村とやっているのです」

「負けたのですか」

「勝ちました」

「勝った？　ではどうして、あててやりたいと——」

「勝ったには勝ったのですが、それはルール上のことで、倒れて意識を失ったのは、芥の方です」

その間の事情について、鳴海は竹智に語った。

「それは、くやしいでしょう」

「しかし、それをバネにできれば――」

「バネですか」

「敗北は、人を強くします。不幸も、人を強くします。どういうことがあろうと、我々はこの拳に――」

鳴海は、みごとな、自然石のような右の拳を、胸の前に持ちあげた。

「この拳にこめることができます。それだけです」

「ええ」

竹智はうなずいた。

「わたしも、武林館の大会に、出場するつもりできました」

「出場するのですか」

「はい」

竹智は微笑した。

「それで、こちらへ出てきたのですか」

「そうです」

「おひとりで?」

「ええ」

「香代さんは?」

鳴海は訊いた。

竹智は、答えなかった。

「出場します」

竹智は、もう一度言って笑った。

笑いながら、竹智は、その眼に涙を浮かべていた。

四章　非道の牙

1

独りだった。
誰もいない。
リングの上で、室戸武志は、黙々とヒンズースクワットをやっている。
深夜の二時。
下北沢にあるフジプロレスの道場。
灯りは、リングの上の天井にある蛍光灯がひとつだけだ。
他の灯りは消してあった。
何故、いなくなってしまうのか。
何故、自分の周囲から人が去ってゆくのか。
母親は、幼い頃に、この世を去った。
父と子と、ふたりだけで生きてきた。
北浜善之助《きたはまぜんのすけ》という父の友人がいた。

相撲をやっていた頃の父室戸十三の付き人であった。

北浜善之助——〝善さん〟には、武志も可愛がられた。

その善さんも、今は鬼籍に入っている。

父の室戸十三は、武志を庇《かば》って人を殺し、今は刑務所に入っている。

そこで、武志はひとりになった。

武志自身は、一年あまり前にフジプロレスに入門し、そこで知り合いができた。

内藤組と呼ばれる男たちだ。

内藤論。

沖田伸行。

赤石元一。

彼らもまた、いなくなった。

内藤は、アメリカに行ってしまった。

沖田は、今、大学のアマレスのトレーニングに参加している。もう、道場にはほとんど顔を出していない。

赤石は、七日前に新宿で別れて以来、会っていない。

道場にも顔を出していない。

木原が、あちこちの心あたりに連絡をしているようだが、どこにいるかもわかっていない状態である。

結局、武志ひとりが残った。

〝おまえ、やめろ〟

赤石の言葉が、胸に重く残っている。

〝おまえ、気持ちが優しすぎるんだ〟

その赤石も、今、いない。

〝おれ、おもいきり、殴りますから〟

武志は、黙々と、スクワットを続けている。

始めたのは、二十二時からである。もう四時間もやっている。

何回やったか。

四千回？

五千回？

八千回はやったろうか。

数は数えてない。

一三二キロの肉を、持ちあげ、おろし、持ちあげ、またおろす。

脚の筋肉が張っている。

膝より少し上のあたりの筋肉が、熱を帯びている。

その火照りが、自分の意識と肉体とをつないでいる。

誰もいない。

ただ独りだ。

これから、自分はどうしたらいいのか。

肉体を使って、仕事ができる。

これで生きてゆく。

内藤がいて、沖田がいて、赤石がいる。

練習をして、関節を取ったり、取られたり。

汗を掻いて、痣《あざ》を作って、眠って、喰べて、洗濯をして、そういう日々がずっと続くのだと思っていた。

それが、続かなかった。

赤石が、マリオ・ヒベーロに負けたからだ。

武志は、そう思う。

思ってから、すぐに、その考えを打ち消した。

いいや、赤石がマリオに負けたからではない。

違う。

赤石がマリオに負けたからといって、何もみんながバラバラになる必要はないのだ。みんなが、それぞれに行く道を決めたのは、それが運命だからだ。

もともと、人というのは独りなのだ。

だから、これは、ただもとにもどっただけのことなのだ。赤石が、マリオに負けようが、勝とうが、結局いつかはこうなるのだ。

独り——

それは、人としてあたりまえの姿なのだ。

しかし、もう減らない。

誰もいなくならない。

独りである人間からは、誰も去りようがない。

ただひとり、自分だけが残っている。

もしも、自分がここから去ったら、肉体だけがここに残るのか。

自分が、この肉体に残ったのか。

それとも、この肉体だけが自分に残ったのか。

肉体がある。

この自分が纏《まと》っている肉体は、熱を帯び、脚の筋肉が張って、黙々と同じ運動を続けている。

何が自分に残ったか。

肉体が残っている。

ただひとつ、肉体が残っている。

父が残した肉体だ。

その肉体にすがるようにして、自分が残っている。

そして、ここにいる。
ここにいて、立ったりしゃがんだりを繰り返している。
もう、何回やったか。
一万回は越えたろうか。
いつ、この運動をやめるのか。
倒れるまでだ。
倒れて、もう、脚が動かなくなるまで。
たった一グラムの重量さえあげられなくなるまで。
早く倒れてしまえ。
倒れてしまえば、楽になれる。
もう、数なんて気にするな。
今はただ、同じことを繰り返す機械になってしまうことだ。
いち、
にい。
いち、

にい。

いち、
にい。

立つ。

しゃがむ。

立つ。

しゃがむ。

立つ。

しゃがむ。

音が聴こえている。

乾いた音だ。

何の音だろう。

こん、
こん、
その音が続いている。

いつから聴こえていたのか。

ずっとこの音は聴こえていて、しかし、聴こえていることにこれまで自分が気がつかなかったのか。

それとも、今、この音が聴こえ始めたのか。

こん、こん。

こん、こん。

何の音だろう。

ガラスか。

ガラスを、指の関節で軽く叩くと、こういう音がするのではなかったか。

武志は、顔をあげた。

正面に、窓ガラスがあった。

そこに、人の顔が見えた。

男だった。

その男が、右手の中指の関節の部分で、窓ガラスを叩いているのである。

知った顔であった。

武志と、男の眼が合った。

男は、窓を叩いていた右手の平を武志の方に向け、

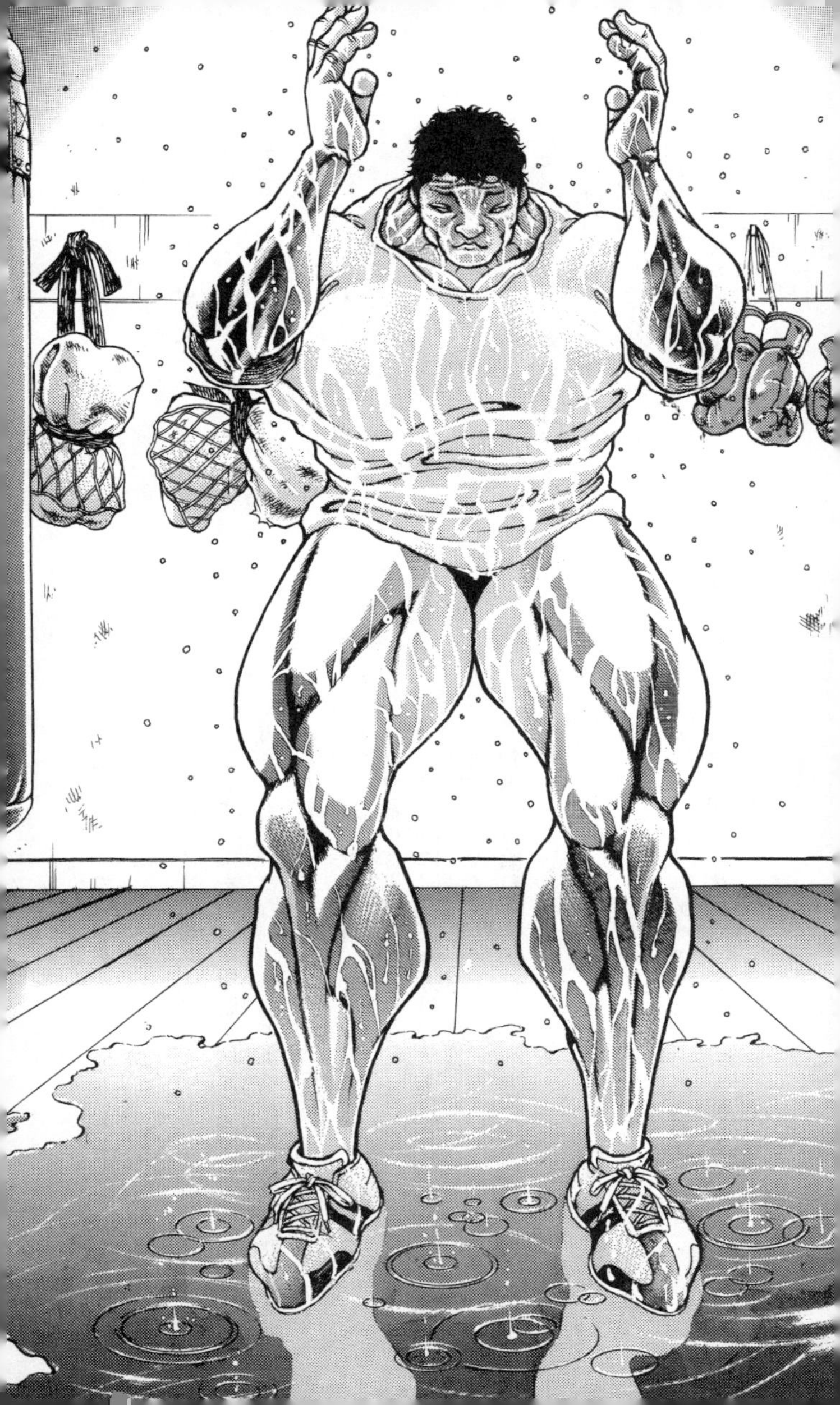

小さく振った。

「よう」

と、男の唇が動いた。

男が笑った。

羽柴彦六であった。

2

「五人か——」

低い声で、そうつぶやいたのは、白い空手衣を着た男であった。

五〇代の半ばか、後半くらいであろうか。

髪には白いものが混ざっている。

どっしりとした肉体を持った男であった。

肩は撫で肩で、身体のラインにも丸みがある。しかし、なよやかな印象はない。それは、撫で肩のラインも、丸みを帯びた身体のラインも、皆、その男の筋肉が作っているからである。

筋肉も、だんだん実用的になってくると、この男のように丸みを帯びるものらしい。

決して、歳をとって脂肪が増え、身体のラインを丸くしたのではない。筋肉の上に、歳相応の脂肪が薄くかぶさってはいるが、身体の線を作っているのは、間違いなく筋肉であった。

武林館の赤石文三である。

文三の前に、五人の男が、やはり空手の稽古衣を着て立っていた。

日本武道館の中央に設けられた試合場の前であった。

これから二時間後の午前一〇時に、武林館の主催するオープントーナメントが、その試合場の上で始められることになっている。

試合場は、床面より、六〇センチほど高く設置されている。

一辺が一〇メートル――一〇メートル四方の台である。

その台の上は、三つに色分けされていた。

一辺が七メートル――七メートル四方の正方形が、中央にあり、その外側を、幅五〇センチに黄色く塗られたキャンバス地が帯状に囲んでいる。それが、試合場と場外との境目にあたる緩和帯である。そのさらに外側を、幅一メートルで囲んでいる赤い帯状の地帯が、場外となる。

リングではないから、ロープは張られてない。

その周囲では、すでに出場の決まった選手たちが、思いおもいに身体をほぐしたり、マススパーリングをしたりして、最後の調整をしている。

後は、大会の準備に追われている役員たち。

一時間後には、観客が入場してくる。

役員たちは、いずれも小走りに会場を動いては、審査員席にマイクを並べたり、試合開始と終了を合図する太鼓を設置したりしている。

そういった周囲の状況とはまったく別な空気が、その五人の男たちと赤石文三とを包んでいる。

「どうしますか」

赤石にそう訊ねたのは、大会顧問の佐藤忠治である。

「やらせてみるしかないな」

文三はつぶやいた。

赤石文三の前にいる五人は、ふたつ空いている飛び入り枠を希望している男たちであった。

毎年開催されている武林館のオープントーナメントは、無差別で行なわれる。

体重制限がない。

出場者は、全員で三十二名。

そのうち、十六人が自流派――つまり、武林館の道場生たちで、半分の十六人が他流派である。

大会開催の二カ月前には、出場メンバーが決まることになっているのだが、毎年他流派枠のうちふたつ――ふたり分が空白になっている。その空白部分は、試合当日、飛び入りの出場希望者の中から二名を選んで、埋められることになっていた。

その枠に出場したい者は、試合当日――試合開始二時間前までに、会場の受け付けに申し込むことになっているのである。

しかし、この飛び入り枠に、出場希望者が出ることは、めったにない。

何故ならば、その空白枠に出場が決まったものは、必ず、前年度優勝者か、準優勝者とあたることになっているからである。

前年度優勝者と、準優勝者には、シード権があり、第一回戦は闘わずに、第二回戦に進むことができるようになっているのである。

もちろん、それは、飛び入りの出場者がなかった場合だが。

この枠に入った者は、一回戦で、いきなり武林館のトップと当るのである。他流派の出場者も、それには腰が引けてしまう。

時おりは、その枠を使って飛び入りの選手が出場することもあるが、ひとりとして一回戦を勝ちあがることができた者はいない。

前年度の優勝者、準優勝者にとっては、シードで勝ちあがるよりも、間違いなく勝てる相手と闘って軽く身体をほぐしておく方が、後のためには良い時もある。

実力のある他流派の選手が、飛び入りの枠を使って出場することは、まず、ない。そういう選手は、始めから、出場の申し込みをしてくる。

今年も、飛び入りはいないであろうと、関係者は考えていた。

いても、ひとりかふたり――

しかし、今回は、出場希望者が五人も現われたのである。

これを、どうやって二名にするか。

佐藤が赤石に〝どうしますか〟と訊ねたのは、そのことであった。

〝やらせてみるしかないな〟

と赤石文三が答えたのは、二名分の出場権を賭けて、五人に試合をさせてみるしかないという意味である。

そうすると、この五名の中から選ばれた選手二名は、他の出場者より、一試合か二試合、多く試合をすることになる。

そうするしかない。

もし、それがいやだということで人数が減るのなら、それはそれでよかった。

しかし、どうして、今回はこれだけの飛び入りの出場者が出たのか。

それは、文三にもわかっている。

今年から、武林館のオープントーナメントのルールが変ったからである。

もしも、そのルールであるなら、自分にもチャンスがあるのではないか。

そう考えた人間がいるということである。

文三は、五人の出場希望者たちをあらためて見やった。

その中には、二日前、羽柴彦六が言っていた人物もいるはずであった。

二日前の晩——

羽柴彦六が、久しぶりに赤石文三を訪ねてやってきたのである。

年に一度か二度、まるで、気まぐれな風のように、ふらりと彦六は顔を見せる。

二日前もそうであった。

本部道場にある館長室で、大会準備のための打ち合わせをしていた時だった。時間は、夜の八時頃だ。

彦六が電話を掛けてよこしたのである。

会いたい、という電話であった。

もし時間があるならば、会って話をしたいことがあるのだと、彦六は言った。

普通は、断わるところだ。

まだ会ったこともない人間からの申し入れならば、事務方の人間がその電話を受ける。相手の用件を聴き、それを文三に伝える。

文三は、それを聴いてから、会うか会わぬかを決め、日をあらためてその人物と会うことになっている。しかし、そういうことはめったにない。

特に、今は、トーナメントの準備で忙しい時期であった。

海外の道場関係者や、大会顧問のひとりになっている国会議員や、テレビ関係者もやってくる。そういう人間たちの席順のチェックもやらねばならない。するべきことは、山ほどあるのだ。

大会に関係のない用件で、誰かと会ってはいられない。

まず、断わるところだ。

いや、断わるも何も、まず、会議中に電話を取次いだりはしない。

だが、相手が彦六なら話は別である。

わざわざスケジュールをやりくりしても、会いたい人物であった。

それを知っているからこそ、弟子も、会議中の文三に、電話を取次いだのであろう。

「もう、一時間ほどもすれば、自由になるから、それでどうかね」

文三はそう言った。

「わかりました」

彦六はうなずいた。

しかし、実際には、会議は二時間も延びてしまった。

ようやくそれも終り、彦六と出会えたのは、夜の一〇時過ぎであった。

彦六は、ジーンズにTシャツ、その上に麻の上着を無造作に着ていた。

道場から、タクシーで一〇分ほど行ったところにある居酒屋に入った。

小さなテーブルを挟んで、文三は彦六と向かい合った。

彦六と会ったり食事をしたりするのなら、気どった店より、このような居酒屋の方がいい。

それが、彦六には似つかわしい。

ふたりきりだ。

居酒屋に入るのも、誰かとふたりきりで酒を飲むというのも、赤石文三にとっては久しぶりのことであった。

ひと通り注文を終えて、最初に運ばれてきたのは、ジョッキに入った生ビールであった。

「お久しぶりです」

「会えて嬉しいよ」

彦六と文三は、そう言いながら、互いに手に持ったジョッキの縁と縁とを軽くあてた。

ビールを、喉の奥に流し込む。

まるで、酒を覚えたての、中学生か高校生のような飲み方であった。

ビールが半分近くに減ったジョッキをテーブルの上に置き、

「で、今日はいったい、どういう用件なんだね」

赤石が訊ねると、

「実は、二日後のトーナメントに、出場させたい男がひとりいるんです」

彦六はそう言った。

3

「ほう、誰かね」

　赤石が訊いた。

「室戸武志という男です」

　彦六が言った。

「室戸武志?」

「ええ」

「何をやっているんだい、その男は――」

「プロレスです」

「プロレスを?」

「ええ。以前にも、彼のことはお話したことがあります。そこそこは蹴ることもできるし、突くこともできますよ」

「空手もやっているのかね」

「基礎は武林空手です。教えた人間がいるんですよ」

　彦六は、反応を楽しむように、赤石文三の眼を覗き込んだ。

「それは、つまり……」

　そう言った文三に、

「フジプロレスの道場生ですよ」

　彦六は言った。

「元一か」

「そうです」

「しかし……」

　文三は、次に言うべき言葉を捜すように、そこで口をつぐみ、彦六を見やった。

「何でしょう」

「……しかし、元一なら、同じ道場の他の者にも、武林空手を教えているはずだ」

「そうでしょうね」

「何故、その室戸武志という男なのかね」

「――」

「フジプロレスにいて、元一から武林空手をそこそこに教わった人間は他にもいるはずだ。その中から、どうして、きみは室戸武志という男を選んだのだ」

「何故でしょう?」

真顔で、彦六は首を傾けた。

「きみが、無理やり、どうでもいいような人物を、こういう時期にわたしの大会に推《すい》してくるような人間ではないことは、わたしも知っている。その室戸武志という人物を、きみが私に推す理由は何なのだね」

「見たいからかもしれません」

「何を見たいと?」

「室戸武志という人間の肉体が、自由に動くところをです」

「自由に?」

「ええ」

何か、素晴しいことがそこで起こるのを予感しているかのように、彦六は遠くへ視線を放ちながらうなずいた。

「しかし、今年の大会には、きみも知っている加倉文平も出場するはずだが――」

「知ってます」

「いいのかね」

「何のことです?」

「いや、わたしは、きみが加倉文平のことを応援しているのかと思ったのだが――」

「応援していますよ」

「――」

「室戸武志のこともね」

あっさりと、笑みを浮かべたまま、彦六は言った。

「鳴海のところからも、ひとり、出場することになっていませんか」

「芥菊千代だろう」

「ええ」

「鳴海が、自流派を興す時に、ただひとりだけ、連れていってもいいかと言っていた男だったはずだ」

「そうですね」

うなずいて、彦六は急にそのことについて思い出したように、文三に訊ねた。

「久我重明の弟子で、志村礼二というのも出場するはずですが」

「出場するよ。別の大会で、芥と因縁の試合をやった男だろう」

「はい」

「知っているのか、志村礼二を?」

「今年の春にも、東北で会いました」

「東北で?」

「ええ」

「しかし、志村は久我重明の――」

「久我重明にも会いましたよ」

「会った? 東北でか」

「はい」

「それで、何ごともなかったのか――」

「何ごとも、ですか」

「あの男は、きみを恨んで――」

そこまで言って、文三は言葉を切り、首を左右に振って、

「いいや、違うな。恨んでいるというのとは少し違う」

自ら口にしたことを否定した。

「何と言えばいいのかはわからないが、これだけは言える――あの男は、きみと闘いたがっているよ」

「そのようですね」

「久我重明が闘いたがっているというのは、普通の人間が同じことを口にするのとはちょっと違う」

そこでまたしゃべるのをやめ、文三は、太い指で自分の頭を掻いた。

「きみに、わざわざ久我重明の説明をする必要もなかったな。以前にも言ったが、きみを捜して、久我重明がわたしに会いに来たことがあったが——」

「うかがいました」

「帰り際に、二度もわたしを殺す機会があったと言っていたよ」

文三が言うと、

「あの男らしい」

彦六が、その唇に笑みを浮かべた。

「やったのか、あの男と？」

「ええ」

「それで？」

ビールを口に運ぶのも忘れて、文三は訊いた。

彦六は、軽く両腕を広げてみせ、

「この通りです。無事でした」

そう言った。

「勝ったという意味かね」

「いいえ。あちらも、同じようにぴんぴんしていますよ」

「——」

「本気になる前に、止められましたので」

「おいおい。きみの口調は、なんだか、止められて残念と言っているように聴こえるよ」

「そう聴こえましたか」

「ああ」

文三は、ジョッキを手にして、あらためてビールを喉の奥に流し込んだ。

「しかし、どうして東北で——」

「知り合いがいましてね」

彦六は、短く、志村礼二と、そして竹智完のことを語った。

「なるほど——」

話を聴き終え、文三がうなずいた時には、飲むものが、ビールから日本酒になっていた。

「で、さっきの室戸武志の話だが、元一はこのことには関わっているのかね」

「いいえ」

彦六は、それを否定した。

「前に言いませんでしたか。室戸武志は、室戸十三の息子ですよ――」

彦六は、言った。

「室戸十三といえば――」

「元関取で、プロレスに入った室戸十三です」

「あの、室戸十三か――」

文三が、その名前をようやく思い出したようにうなずいた。

「だが、何故、きみが室戸十三の息子を知っているのだね」

「何年か前に、北海道で――」

彦六は、室戸武志と知り合うことになった一件について、文三に説明した。


室戸武志がプロレス入りするきっかけとなったのは、北海道で、フジプロレスの木原と内藤と出会ったことである。

その出会いについては、彦六は武志本人から聴かされていた。

そのあたりのことについても、彦六は簡単に文三に説明をした。

「それで、元一と知り合ったというわけだな――」

「そういうところです」

「見てみたい気がするな、その、室戸武志を――」

「あいつの肉体が動くところを見ると、惚れぼれとしますよ」

「わたしも、興味があるが、しかし出場するといっても――」

「試合当日に、行かせますよ。二名ほど、当日飛び入り参加の枠《わく》があるんじゃありませんか――」

「確かにあるが……」

「別に、武志を甘やかせてくれと言ってるわけじゃありません。他にも出場希望者がいれば、出場権を賭けて試合をさせてもいいんです」

「彼に、うちのルールでの試合経験は？」

「ありません」

「ない？」

「別に武林館ルールだけではなく、どういうルールの試合にしろ、あいつは試合に出場するのは初めてのはずです」

「初めて？　それでだいじょうぶかね」

「さあ――」

彦六は、おもしろがってでもいるように、微笑した。

「まったく、きみは、妙なおもしろい人物を見つけてくるものだな」

「いや、見つけてきたというわけではありません」

彦六が言うと、

「ところで、話はかわるが――」

文三は、口調をあらためて、そう切り出した。

「何でしょう」

「元一が、朱雀会ともめたらしいが、そのことについて、何か耳に入ってはいないかね」

「朱雀会とですか」

「きみも知ってるだろう。元一がしばらく前にやったあの試合のことを――」

「ブラジル人とやった、バーリトゥードのことですね」

「そうだ」

「気になるのですね、息子さんのことが――」

「ああ。朱雀会との分については、なんとかおさまったようなのだが――」

「そのようですね」

「そのもめごとの原因となった試合の件が、まだ本人のなかでカタがついていないようなのだよ」

「それはそうでしょう」

「親というのは、だらしがないものだ。つい自分の息子のことが気になってしまう」

そこで、赤石はしゃべるのをやめ、彦六の顔を、問うような眼で覗き込んだ。

「何か?」

「きみは、あれをどう思う?」

「バーリトゥードのことですか」

「うむ」

「あれは、ああいったものでしょう」

「ああいったもの?」

「空手が空手であり、レスリングがレスリングであるように、あれはああいったものだと思います」

「バーリトゥードはバーリトゥード? 気にするなということか?」

「いいえ。気になるのなら気にすべきであろうし、気にならぬのなら気にせずともよいのではないかということです」

「だから、気になっているのさ」

「――」

「もしあれが、柔道だというのなら、空手家がその試合に出て負けるのはいいということだ」

「――」

「しかし、バーリトゥードに空手家が出場したのなら、これは、空手家は負けるべきではないと思っている」

「何故ですか」

「柔道のルールでは、空手家に空手の技を使うなと言っているが、バーリトゥードのルールは、空手家にどのような制限も与えてはいないからさ」

「眼に指を入れていいと?」

「そこまでは言っていない。しかし、空手家が自流派の試合で使うことが許されているどのような技も、バーリトゥードでは使っていいことになっている。

そうである以上、相手が寝技できたから負けただとか、関節技を使ってきたから負けただとか、そういう言いわけはできないということさ。

もともと、空手は、何でもありであったのだよ。その中で、突きと蹴りを武器として選びとったのだ」

「――」

「あのルールにも対応できる打撃の技を持ってこその空手ではないか」

「ええ」

「昔、きみと話をしたことがあったな」

「話?」

「うちのルールに、顔面パンチを取り入れるかどうかの話だ」

「覚えてます」

「そのことについては、ようやく決心がついた」

「ルールを変えたそうですね」

「今年から、ベストエイトの試合は、手にグローブを嵌《は》めて、顔面パンチありにしたのさ」

「聴いていますよ。それで、他流派の出場枠に、おもしろい顔ぶれが集まったようですね――」

「ボクシングの沢木一馬。キックボクシングからは、井崎勘太郎、中山渡、宇山新平。真武会からは、永井重行、奥寺庄二……」

「皆、顔面ありというので集まってきた連中ですね」

「なんとかベストエイトまで残れば、後は顔面パンチで勝負できると思っているのだろう――」

「でしょうね」

「これだけでも、なかなか大変な作業であったのだが、ようやく、そこへ漕ぎつけてみれば、時代は、もう、一歩先を歩いている」

「バーリトゥードのことですね」

「しかし、うちとしては、そこまでルールを変える気はない。また、その必要もないと思っている」

武林館では、グローブを嵌めての、顔面パンチをルールの中に取り込んだ――そのグローブも、バーリトゥードで使用する指先が出るタイプである。ボクシングのグローブでは、指先は出ないが、このグローブでは指先が出る。

空手――文字通り、何も持たない素手の拳、そこにこそ自分はこだわりたかったのだと文三は言った。グローブから指先が出れば、素手の感覚が、残る。奇しくも、それはバーリトゥードで使用するグローブと同じものになってしまった。

「ここから先は、鳴海の分だろう」

鳴海であれば、顔面パンチは早くから自流派のルールの中に取り込んでいる。

それだけでなく、投げや、絞《し》め、関節技さえも、自分たちの技の体系の中に組み込もうとしている。

それを、赤石文三もよく理解しているのである。

何時《いっ》にもなく、赤石文三は饒舌であった。彦六と話をすることが、楽しくて仕方がないようであった。

心に浮かんだことについて、とりとめなく語り、そして、最後に、赤石文三は次のように彦六に約束をした。

「きみの言っていた室戸武志だが、もしも当日枠で出場したいと言うのなら、どういうハードルも無しでというわけにはいかないが、少なくともこのわたしが責任を持って、その機会は作るよ」

4

「室戸武志です」

その男が朴訥な声で言った時、赤石文三は、この男が、と思った。

この男が、彦六が言っていた室戸武志か。

彦六が言っていた通り、惚れぼれとするような、豊かな肉体を持った男であった。

大きい。

山のような量感がその肉の裡に潜んでいる。

武志から始まって、五人の男たちがひとりずつ、名乗ってゆき、そして、最後に髭面の男が、自分の名を名乗った。

「竹智完です」

その名を耳にした時にも、文三は驚いた。

彦六から聴かされていた名前であったからである。彦六はこの男に会いに花巻までゆき、そこで久我重明と出会ったのではなかったか。

だが、まさかこの竹智までもが、飛び入り枠に参加を表明してくるとは思ってもいなかったのである。

しかし——

それとは別に、この男の名をどこかで自分は知っているような気がする——と文三は思った。

いつであったか。

「だいぶ昔に、武林空手を学んだことがあります」

竹智完が言った時、ようやく文三は、その名をどこで耳にしたのかを思い出していた。

そうか。

あの竹智か。

だいぶ以前、武林館で麻生誠といい試合をしていた男だ。

だが——

どうするか。

出場を希望する者は、次の五名であった。

室戸武志（フジプロレス）。

竹智完（フリー）。

伊村忠行（ボクシング）。

黒丸安夫（キックボクシング）。

秋山次彦（空手）。

赤石文三は、すでに決心がついていた。

出場者を、三人と二人のグループに分け、それぞれ闘わせて、ふたりの人間をそこから選抜する。

その二名が、本戦の出場権を手にするということでよいのではないか。

「きみたちには、ここで試合をしてもらう」

赤石文三は言った。

「試合時間は一分。延長はない。勝敗は、その試合を見て、わたしが決める。それでいいね」

五人の出場希望者たちに、異存のあるわけもなかった。

問題はルールである。

「さて、ルールだが……」

文三はそう言って、五人を見やった。

「今回から、ルールが変わって、ベストエイトからは、顔面ありになった。もともと君たちは、それを承知で出場を希望したのだと思うが、この予戦は……」

「顔面ありで、やらせて下さい」

言ったのは、伊村であった。

「それがいやだという人間が他にいなければですが……」

伊村が鋭い眼で、他の四人を見回した。

「いいっスよ」

最初に答えたのは、黒丸であった。

黒丸は、伊村を見つめていた。

「自分もかまいませんよ、それで」

続いて秋山がうなずいた。

「君たちは？」

文三が、竹智と武志を見やった。

「かまいません」

竹智がうなずいた。

「自分も、どっちでもいいっスから――」

武志が言った。

「わかった。この予戦も、顔面の攻撃を認めよう。ただし、素手ではない。ベストエイトから使うことになっている、オープンフィンガーグローブを付けて闘ってもらおう。異存はないね」

不満の声はどこからもあがらなかった。

さっそく、試合場の横で、文三は五人をふたつのグループに分けた。

ひとつは、
室戸武志。

伊村忠行。

黒丸安夫。

もうひとつが、
竹智完。

秋山次彦。

このふたつのグループから勝ちあがった者が、試合に出場することになる。

5

まだ、入場者のいない会場の真ん中に、試合場が設置されている。

試合場は、床より五〇センチほど高く作られており、表面にはキャンバスが張られていた。

その上で、伊村忠行と黒丸安夫が向き合っていた。

当初の予定では、室戸武志と伊村が最初に闘うはずであったのだが、黒丸がそれにクレームをつけたのである。

「最初に、自分と伊村さんとでやらせて下さい」

黒丸はそう言ったのである。

「そうでなければ、対戦相手は籤《くじ》で決めていただけませんか」

誰と誰が闘うかを決めるのは、主催者側である。その決定に対して異を唱えるのは、礼を欠くことであった。

「無礼を承知でお願いします」

黒丸が、赤石に対して頭を下げた。

赤石は、黒丸をしばらく見つめ、何か思い出したように口を開いた。

「君は、確か、もと五空会《ごくうかい》に――」

「はい。おりました」

黒丸がうなずいた。

「岩田信吾くんは、きみの――」

「後輩です」

黒丸が言った。

「そういうことか」

赤石はうなずいた。


飛び入り枠の出場権を賭けた闘いは、とりあえず、体重で分けられた。

重いクラス三人と、軽いクラスがふたり。

武林館の秋のトーナメントは、無差別級で行なわれているが、最初から、体重が一〇〇キロ以上の人間と、七〇キロの人間とをあてたりはしない。

それではハンデがありすぎるからである。

重いクラスを一方のブロックへ、軽いクラスを一方のブロックへ、上手に散らしている。

それと同じ方式を、この予選でもとったのである。

三人の中で一番軽い黒丸でさえ、八十九キロもあるのである。

武志が一三二キロ。

伊村が九十二キロ。

それに対して、竹智完は、身長が一七八センチ。

体重は八〇キログラム。

秋山次彦は、身長一七七センチ、体重が竹智と同じ八〇キロである。

武志と伊村と黒丸のブロックは、とりあえず動かない。

そのブロックの中で、体重が一番重いものどうしをまず対戦させようという赤石の判断は、妥当なものと言えた。

一回戦でどちらが勝ち残ろうと、相手は二試合することになる。一試合しかやらない黒丸の方が有利になる。

その有利さを捨ててまで、黒丸は、最初に伊村と闘いたいと言っているのである。

「わかった」

赤石はうなずいた。

「伊村君、それでいいかね」

赤石が、伊村に訊いた。

「かまいませんよ」

伊村はぼそりと言った。

「室戸君、きみは？」

「かまいません」

武志が答えた。

「では決まった」

赤石は、伊村と黒丸を見やり、

「第一回戦は、きみたちふたりだ」

そう告げた。

その次に竹智完と秋山次彦が闘い、その次に、伊村対黒丸戦の勝者と、室戸武志が闘うことになったのである。

6

伊村忠行は、元ボクサーである。

日本人では、珍しいヘビー級だ。

二十六歳。

身長一八一センチ。

体重九十二キロ。

十九歳でデビュー。

ヘビー級ボクサーは、選手人口が少ないため、プロデビューして、三年で頂点まで登りつめた。

二十二歳で、全日本のチャンピオンになった。

二度、防衛戦をやり、マスコミに騒がれた。

貴重な日本人のヘビー級ボクサーである。ようやく世界に通用するヘビー級ボクサーが現われたと、マスコミは書きたてた。

テレビ局がスポンサーになり、伊村は、アメリカにボクシング留学をした。アメリカにならヘビー級のスパーリング相手が何人もいるからである。

それまで、伊村は、八戦全勝。その中には五つのKO勝ちが入っている。しかし、相手は全て日本人である。

アメリカで半年修業して、初めて、伊村は外国人選手と闘うこととなった。


相手は、ジェームズ・カーター。

黒人選手である。

二〇歳のノーランカーであった。

これまでに三戦して三勝しているが、まだデビュー一年目である。

それも、所属はIBCというボクシングの世界では、WBA、WBC、IBF、WBOに次ぐ、五番目の組織である。

インターナショナル・ボクシング・カウンシル——インターナショナルの"I"がついてはいるが、弱小の組織だ。

噛ませ犬だ。

伊村に何としても勝たせるために選ばれた相手であった。

場所は、ラスベガス。

試合は、日本へも生中継された。

しかし、このジェームズ・カーターに、あっさりと伊村は負けた。

一ラウンド二分三十六秒、KO負けであった。

スポンサーであったTV局が、おりた。

マスコミが作りあげたチャンピオンと、伊村を祭りあげたマスコミそのものが、こんどは伊村を酷評した。

これで、あっさりと伊村はボクシングの世界から姿を消したのである。

それが、三年前であった。

しかし——

伊村の相手をしたジェームズ・カーターは、逸材であった。

伊村との試合の後、負け知らずで、二年で頂点に登りつめた。現IBCヘビー級のチャンピオンが、ジェームズ・カーターである。

あらためて伊村をリングにあげようという話が、カーターがチャンピオンになった時に盛りあがったが、伊村は、二度とボクシングのリングにあがるつもりはないと宣言をした。

それが、一年前である。

次に、伊村が人の前に姿を現わしたのは、四ヵ月前であった。

空手団体五空会の、春の大会に伊村が出場してきたのである。

体重別のトーナメントであり、その重量級にエントリーしてきたのである。

五空会は、真武会と同様に、空手団体ではあるが、試合形式はフルコンタクト制であり、顔面パンチがルールの中で許されている。頭部には、スーパーセーフと呼ばれる面をつけるが、拳に拳《けん》サポーターを嵌め、ほぼ素手同然の拳で顔面にパンチを入れてもよいことになっているのである。

真武会とも交流があり、鳴海俊男や芥菊千代が出場した春の真武会のオープントーナメントに、五空会の選手も出場している。

中量級に出場して、決勝まで残った五空会の岩田勉は、いま赤石が口にした岩田信吾の兄である。

五空会は、武林館とは比べられないとしても、真武会より団体としては小さい。

五空会側が、他流派のトーナメントに自流派の選手が出てゆくのを許しているのも、より大きな舞台で五空会をアピールすることができるからである。

だから、伊村の出場を許したのも、知名度のある伊村を破って、五空会の実力を世間に示すことができるからであった。

伊村は、すでに引退してから二年以上が過ぎている。その間、試合をやったという話は聞いていない。もし、トレーニングは続けていたにしても、試合勘は戻っていないはずであった。さらには、ボクサーである。空手の練習をしているとは思えない。

ボクサーは、空手やキックではポピュラーな技であるローキックに弱いというのが定説になっている。普段、脚を蹴られたことがないからだ。

多くのボクシング経験者が、空手やキックボクシングの試合に出場して、最初に洗礼を受けるのが、このローキックであった。

ローキックで潰せる——五空会側は、そう判断をしたのだが、なんと、伊村はそのトーナメントの重量級で優勝してしまったのである。

その時の決勝戦の相手が、赤石が口にした岩田信吾であった。

岩田信吾は、黒丸の後輩である。

黒丸は、もともと五空会の道場主であった。

そこの重量級の試合で、三年連続優勝をして、キックボクシングに転向したのである。

キックに転向したといっても、五空会を完全に出てしまったわけではない。今でも、時おり、道場で練習をする仲であった。

その黒丸が、ここで伊村と出会ってしまったことになる。

試合時間は二分の予定であったが、これも、黒丸が異を唱えた。

「決着がつくまでやらせてもらえませんか」

黒丸が、赤石にそう申し入れた。

「おれはいいよ」

赤石が答える前に、伊村はそう言った。

「きみたちふたりがいいというのなら、問題はない」

赤石は言った。

しかし、時間無制限でやればいいという話でもない。

「五分でどうだ」

赤石はそう提案した。

五分あれば、両方が、様子を見ながら試合を長びかせようとでもしない限り、どちらが強いかを決めるには、まず充分であろう。少なくとも、どちらの選手を出場させるかを知るためには充分な時間と言えた。

その提案に、双方がうなずいた。

そして、ふたりは今、試合場で向き合っているのである。

「始め！」

主審が叫ぶと、太鼓がどん、と打ち鳴らされた。

7

ふたりは、空手衣を身につけて向き合っていた。

太鼓が鳴らされた瞬間、最初に動いたのは伊村であった。

すうっと、前に出た。

黒丸は、現役のキックボクサーである。

ヘビー級だ。

都内にある山之部《やまのべ》ジムに所属している。

同じジムの井崎勘太郎がこの日のトーナメントに出場するので、そのセコンドとしてついてきた。

そこで、伊村が飛び入りで出場しようとしているというのを知ったのである。

黙ってはいられない。

急遽、自分もその場で飛び入り枠に出場の希望を出したのである。

キックの世界は、団体が七つもある。

そのうちのひとつ、東洋キックボクシング連盟に山之部ジムは所属している。

その東洋キックボクシングの、ヘビー級の一位が黒丸であった。

チャンピオンが、井崎勘太郎である。

同じジムの人間同士のタイトルマッチはやらないとの規約があるため、井崎とは闘ってはいないが、ジムではよくスパーリングをする仲であった。


黒丸が動いた瞬間、伊村は、ふたつの拳を持ちあげて、構えた。

やや前かがみの、ボクシングスタイルであった。

キックでは、蹴りがあるため、アップライトで構え、やや上体を起こすのが基本である。

その方が蹴りを出し易いし、相手の蹴りを受けるにもいい。

しかし、伊村はそうは構えなかった。

完全なボクシングスタイルである。

だが、黒丸は、それで怯まなかった。

そのまま前に出てゆき、いきなり右のローを放った。

その瞬間――

つうっと伊村が前に出ていた。

黒丸の右のローが入るのとほぼ同時に、伊村の右のストレートが、黒丸の顔面に向かって伸びた。

伊村の右の拳が、黒丸の顔面を、正面から打ち抜いていた。

絶妙のタイミングであった。

ただの一発。

両方とも、技をひとつしか出していない。

しかし、その一発でカタがついていた。

まるで人形のように膝が曲がり、上から下に黒丸の肉体がすとんと落ちた。

たたまれたようになって、黒丸の肉体はキャンバスの上に折れ重なった。

シャッター音が、幾つも響いた。

早めに足を運んでいたマスコミのカメラマンが、このふたりが闘うというので、試合場サイドにいつの間にか集まっていたのである。

「一本」

赤石文三が、そう言った。

一分――

いや、十秒もかからずに決着がついていた。

8

竹智完は、静かに秋山次彦と向き合っていた。

自分の心音を数えている。

相手に対して、どう動こうかとか、どういう技を使おうかとは、何も考えてはいない。

ただ、草木のようにそこに立っていた。

もしも、相手が風であるならば、自分はその風に逆らわずに枝を揺らし、葉先を揺らすだけでいい。

そう思っているようであった。

「始め！」

の声と同時に、太鼓が鳴った。

フットワークを使いながら、秋山が動いてきた。

空手の――というよりは、キックボクシングの動きに近かった。

竹智完は、構えなかった。

浅く腰を落として、右足の爪先を、軽く前に踏み出しただけであった。

構えたというなら、それが構えたことになる。

秋山は、二十二歳。

真武会の若手である。

春の真武会トーナメントには、怪我で出場できなかったが、出場すればベスト4《フォー》には必ず残るであろうと言われていた逸材であった。

しかし、練習中に右拳を傷め、春のトーナメントには出場できなかった。

拳の治療中も、トレーニングはきちんとこなしてきた。拳で、人の頭部など、硬いものをおもいきり殴ることこそできなかったが、サンドバッグくらいのものであれば、八分の力で殴ることができた。

今回の武林館のトーナメントには、はじめから出場するつもりでいたのだが、医者から試合出場をとめられており、断念をした。

だが、秋山の怪我の治り方は、医者も驚くほど速かった。

医者が、出場を許した時には、もう、出場受け付け期間は過ぎていた。

それで、秋山は、飛び入り枠での出場を決心したのである。

すぐに、竹智と秋山の距離はつまっていた。

竹智は、隙だらけであった。

顔面はがら空きである。

パンチであろうが、蹴りであろうが、どこへどのような攻撃を入れても入りそうであった。

ストレート。

フック。

アッパー。

ロー。

ミドル。

ハイ。

何でもよかった。

しかし、それが秋山を迷わせた。

どうする?

迷いとは言えないほどの迷い。

躊躇《ちゅうちょ》とは言えない躊躇。

時間的には、もうないも同然の時間。

しかし、どんなにかすかにしろ、どれほどわずかにしろ、秋山は迷い、躊躇したのは事実であった。

その隙間を突くように、竹智の身体が絶妙の間《ま》で動いていた。

すうっと、風のように、竹智の身体は秋山の間合の内側に入り込んでいた。

この春、久我重明が、竹智にやってみせた技であった。

「しゃっ!」

それでも、秋山は左肘を打ち込んできた。

肘が巻き起こした風圧に乗って、羽毛が肘をすり抜けてゆくように、竹智は上体を揺らしてその攻撃を避けていた。

「ぬうっ」

秋山は、すぐに次の攻撃を仕掛けてきた。

疾《はや》い。

疾い。

秋山の攻撃は休まなかった。

左肘の次が、右肘であった。

次がロー。

次が拳。

また拳。

そして、ロー。

そのことごとくの攻撃を、竹智はかわしていた。

まだ、竹智は、どういう攻撃も加えてはいない。

体さばきのみで、秋山の攻撃をかわしているのである。

拳。
足。
拳。
それでも、休まずに攻撃が加えられてくる。
そして、ふいに、地の底から、鞭《むち》のようにそれが跳ねあがってきた。
右足だ。
上段蹴り。
他の攻撃に眼をならしておいて、いきなりのハイキック。
秋山のこれまでの攻撃は、全てこの蹴りのための布石であったことになる。
しかし、その蹴りは、みごとに空を切っていた。
竹智の身体が、下方に沈んでいたのである。
秋山の蹴りが通り過ぎた後、その空間に、下から竹智の頭部が浮きあがってきた。
それだけではない。
竹智の頭部は、半歩、それまでより近い位置に浮きあがってきたのである。
竹智の右手が、すうっと伸びてきた。
その手が、軽く秋山の顎先《あごさき》を撫でた。
拳ではなく、掌であった。
叩いたというよりは、優しく撫でたようにしか見えなかった。
秋山の頭部が、首を支点にして、ぐるりと半回転した。
それで、秋山の意識は頭の外にはじき出されていたのである。
意識が失くなってからも、秋山の肉体はまだ闘おうとした。
肘。
肘。
左右の肘を、打ち込んできた。
それが、最後であった。

ふいに、秋山の肉体は動かなくなった。

そのまま、秋山は、竹智の身体に両方でしがみつくようにして自分の体重をささえようとした。

しかし、すでにもう、しがみつく意志そのものが、秋山の頭部から消え去っていたのである。

秋山の身体は、竹智の身体をずるずると滑り落ちるようにして、足元にわだかまった。

「一本」

赤石文三の声が響いた。

三十六秒の時間が過ぎていた。

9

室戸武志は、伊村忠行と向きあった。

伊村の身長は、一八一センチ。

体重が九十二キログラム。

武志の身長が、一九二センチ。

体重が一三二キログラム。

身長差で十一センチ。

体重差で四〇キログラム。

大きな差であった。

しかし、ボクシングのヘビー級においては、この体重差はあり得る。

武志の前に立った伊村には、少しも怯《ひる》んだ様子はない。

その態度も表情も、先ほど黒丸と闘った時と変わりがない。

武志の肉体が、どれだけ大きかろうが、動きは自分の方が速い——そう信じているのだろう。そして、どれだけ大きい相手であろうと、自分の拳が相手の顔面に当りさえすればKOできると考えているのであろう。

その自信が、伊村にはあるのだろう。

相手は、まだデビューさえしていないプロレスラーだ。いや、プロレスラーになってさえいない。

寝技のある闘いではない。

打撃だけだ。

相手が素人なら、身体の大きさは、関係がない。

むしろ、武志の方にとまどいがあるように見えた。

とまどっているだけではない。

緊張もしている。

身体が、がちがちになっている。

好きなところを好きなように叩くことができる。

「始め！」

赤石が言った時、合図の太鼓が鳴った。

10

でくのぼうに見えた。

確かに身体はでかい。

頑丈そうだ。

力も強そうだ。

これまでに闘ってきたどの相手よりパワーもあるだろう。

が、それだけだ。

伊村はそう思った。

室戸武志という肉体の前に立った時、その肉体の大きさには驚いた。

しかし、それだけだ。

威圧感はない。

威圧感で言えば、さっき闘った黒丸の方が上だ。

その黒丸でさえ、パンチ一発で倒したのだ。

馬鹿のひとつ覚えのように、ローキックを出してくる空手家やキック・ボクサーは恐くない。

恐いのは、何をやってくるかわからないやつだ。

どんなに鋭い技であろうと、どんなに疾い技であろうと、何をやってくるかがわかっていれば、恐くはない。

それに合わせて幾らでもカウンターを入れてやればいい。

さっきの勝負の決着は、早くも遅くもない。

もともと、黒丸がローキックを出してきた時に決着がつく勝負だったのだ。黒丸が、早くローキックを出せば早く、遅くローキックを出せばその時に結果が出る勝負だったのだ。

こちらは、始めから蹴りで勝負をつけようとは思っていない。

勝負を決めるのは、パンチだけだ。

それ以外の勝負の決め方を俺は知らない。

相手がでかかろうが、自分に他の方法があるわけではない。誰であろうが同じだ。拳をそいつの顔面に叩き込む。

それだけだ。

恐いのは、パンチが顔まで届かない相手だけだ。

顔面までパンチが届く相手であれば、相手の身長がどれだけだろうが、体重が何キロあろうが関係はない。

室戸武志——。

太鼓が鳴ったというのに、馬鹿みたいにそこに突っ立っているだけじゃないか。

両拳をあげて、構えてみろ。

そうだ。

できるじゃないか。

構えは悪くない。

どっしりしている。

大きい。

誰かに教わっているな。

しかし、まだ素人だ。

その後、どうしていいかわかっていないじゃないか。

伊村は、フットワークを使って、近づいてゆく。

左でジャブを出す。

当った。

こんなジャブが当ってしまうのか。

右のストレート。

入った。

おもいきり。

打ち抜けなかった。

動かなかった。

左頬にまともに入ったというのに、壁を殴ったようであった。

武志の頭部がびくとも動かない。

こんなことがあるわけはない。

左。

右。

左。

全部当った。

しかし、揺れない。

武志の頭部が、である。


顎の先か、テンプルのいい場所へ当てなければ、こいつの頭を揺らすことはできないのか。

退がって、再び距離をとる。

退がった伊村の頭部を追って、向こうの方から何かが動き出した。

武志の拳だ。

奥で構えていた右の拳。

ずい分遠くからその動きは始まった。

よく見える。

長距離ミサイルだ。

しかし、動きはゆっくりとしている。

どういう弾道を描いてくるかがよく見える。

どれだけの破壊力をもっていようと、当らなければ話にならない。

　スリッピングでそれをかわす。

頭の左横を、そのパンチが、凄い唸りをあげて通り過ぎてゆく。

とてつもない風圧だ。

髪の毛が浮きあがる。

こんなものをまともにくらったら。

ぞくりと、首筋の毛が立ちあがった。

スリッピングの動きを、そのままつないで武志の懐に入り込む。

レバー。

左のパンチをそこへ叩き込む。

左のパンチが、武志のボディーで止まってしまった。

岩⁉

いや、岩なんてもんじゃなかった。

地面。

この大地を叩くようなものであった。

どんなにいいタイミングで打ったところで、大地にとって、そのタイミングがどうだというのか。

技もタイミングもない。

どうやって打とうが、地面にとって、それはどれほどの差もない。

この室戸武志という男の肉体は、自分がこれまで相手にしてきた男たちとは、根本的に何かが違っていた。いいや、何か、ではない。肉体だ。シンプルな肉体が、この室戸武志と他の男たちとは、根本的に違っているのである。

ガードを下げさせておいて、パンチを入れようと思ったのだが、ガードが下がらない。

何も効いていないのか。

距離をとる。

離れ際に、パンチをひとつ。

当った。

しかし、向こうは少しもぐらついた印象がない。

ステップバック。

離れる。

武志の顔が見えた。

何だ。
これは。
伊村は驚いた。
試合前と、武志の表情に変化がないのである。
同じだ。
とまどっているような顔。
どうしていいかわからないような顔。
太鼓が鳴る前と同じ顔。
いくら叩いても、大地が表情を変えないように、
この男の表情も変わらない。
その顔のまま、
ずん、
ずん、
とマットを踏んで、武志が迫ってくる。
逃げた。
思わず逃げていた。
顔の前を、唸りをあげて、武志のパンチが横へ通り過ぎていく。
距離がある。
当りっこないパンチ。
もうひとつ、今度は反対側からパンチが飛んでくる。
これもかわした。
強烈な風圧が顔を叩く。
横へ逃げる。
ずん、
ずん、
と武志が追ってくる。
その顔が見える。
あれ⁉
と思う。
こいつ、室戸武志と言ったっけ。
こんな顔をしていたっけ。
泣いているのか、こいつ⁉

今は、武志の顔が泣いているように見える。

武志の唇が、小さく動いていた。

何かしゃべっているらしい。

独り言か。

自分自身に向かってつぶやいているのか。

微かに、その声が届いてくる。

〝おれ、殴りますから〟

〝おもいきり殴りますから〟

確かにそう聴こえた。

殴ると言っているのか、この俺を。

何を言っている、殴るのはこの俺の方だ。

しかし、どこを殴ればいいのか。

考えている間に、武志の肉体が眼の前に迫ってくる。

逃げる。

武志が追ってくる。

何だ⁉


いつの間にか、押されているのか、この俺が。

でくのぼうに見えていたはずの武志の肉体が、別のものに変貌したように見えた。

でくのぼうはでくのぼうでも、得体の知れないでくのぼうだ。

「ちっ」

伊村は、小さく声をあげた。

決めてやる。

両足で、おまえが立っていられなくなるようないパンチを、その顳顬《こめかみ》に叩き込んでやる。

おまえの頭が岩なら、その岩を砕いてやる。

伊村は、足を止めた。

足を止めたら、こいつは必ずパンチを出してくる。

ほら、来た。

前に足を出す。

頭を沈める。

武志の左のパンチをくぐった。

武志の拳が頭をかすめて疾りぬける。

髪の毛を二～三本、もっていかれた。

髪の毛くらいくれてやる。

懐に入った。

ほら。

入った時には、もう、右の拳が出ていた。

「シッ!!」

伊村の唇から、はじけるような呼気が洩れていた。

パンチが、武志の左の顳顬を叩いていた。

おもいきり。

タイミングも角度も申し分ない。

会心のパンチだ。

倒れろ。

そう思った時、地の底から、まるで獅子のごとくに、自分に跳びかかってくるものに、伊村は気づいていた。

その獅子に、喰いつかれた。

腹だ。

どん。

腹で、何かが爆発した。

とてつもない圧力を持ったものだ。

自分の足が、マットから離れていた。

身体が、その爆発の圧力で宙に浮きあがっていた。

膝だ。

武志の左膝が、伊村の腹を下から打ったのである。

「がはっ！」

その一撃で、肺の中にあった空気を、一瞬にして、根こそぎ外に吐き出させられていた。

宙で、伊村は、身体を〝く〟の字に折っていた。

まったく、何というやつだ。

間違いなく、俺のパンチの方が早かったはずだ。

俺のパンチを顔にくらっていながら、こんな膝を放てるのか。

一瞬の思考。

来る⁉

伊村は直感した。

あの、もの凄い風圧を残して、自分の顔の近くを通り過ぎていったもの。

あれが、自分の顔面に向かって飛んでくる。

恐怖に、髪の毛が逆立った。

身体は宙に浮いている。

フットワークは使えない。

腹を打たれた苦しみを、脳が知覚する前になんとかしなければ。

両拳をあげて、顔面をガードした。

その瞬間――

あれが襲ってきた。

正面から。

顔面を。

顔面をブロックしたその両拳の上から、その、圧倒的なパワーが襲ってきた。


ガードなんて、関係なかった。

だいたい、巨大な一トンもある石が上から落っこちてくる時、それをよける以外にどのような方法があるというのか。

ガードに意味などない。

まるで、宙を跳ぶ蠅のように、その圧倒的な力によって、伊村はマットの上に叩き落とされていた。

マットの上に落っこちた。

しかし、伊村は、そのマットの感触を味わうことはできなかった。

宙で、意識を、外にはじき出されていたからである。

意識のない伊村の肉体が、マットの上で、身をくねらせていた。

半開きにした唇を、ぱくぱくと動かして、空気を呼吸しようとしていた。

しかし、空気はまだ、伊村の肺の中には入っていなかった。

とてつもない地獄の苦痛に、腹を打たれた者は襲われることになっているのだが、その苦痛を味わわなかった分、伊村は幸福であった。

伊村の肉体は、苦悶のため、マット上で身をよじってはいたが、それを味わうべき意識が、伊村の脳からは消え去っていたのである。

「一本!」

赤石の声が響いた。

転章

その鉄の皮膚をした男は、無言で腕を組み、ソファーに腰を沈めていた。

黒いズボン。

黒いシャツ。

黒い靴下。

黒い靴。

黒い髪。

肌まで黒い。

下着も黒いものを穿いているのであろう。

吐く息も、そして、その意志までもが黒い色をしていそうであった。

久我重明であった。

細い、針のような眼で、久我重明は正面を見つめていた。

大理石のテーブルを挟んで、その向こうに、スーツ姿の男が、ソファーに腰を下ろしていた。

朱雀会の黒滝である。

その部屋には、もうふたりの男がいたが、座っているのは、久我重明と黒滝のふたりであった。

もうふたりの男は、どちらも立っている。

ひとりは、久我重明の後ろに。

もうひとりは、黒滝の後ろに。

「何故、黙っていた」

黒滝が、低い声で言った。

「竹智のやつは、逃げたんじゃない。おまえが逃がしたって言うじゃねえか」

さっきから、黒滝は同じ言葉を口にしている。

しかし、久我重明は答えない。

久我重明の口元には、あるか無しかの笑みが浮いている。

「警察《サツ》が来た。そんな状況で、竹智を連れてくることができなかったっていうのはいい。それは、しかたがない。しかし、問題は、何でおまえがそれをおれに黙っていたのかってことだ」

黒滝の声が、微かに震えている。

「面倒だったからなどと、そんな言いわけが通用すると思ってるのか」

冷静に語ろうとすればするほど、声に微妙な震えが混じってしまうのだ。

それが、かえって不気味であった。

「黒滝さん……」

久我重明が、組んでいた腕をほどきながら言った。

右手を、ゆっくりとテーブルの上に伸ばした。

そこに、厚いガラスでできた灰皿が載っている。

まだ、煙草の灰も落とされていない、綺麗な重い灰皿であった。

その分厚い灰皿を、久我重明は、両手で持ち、膝の上で弄び始めた。

「聴いているのか⁉」

黒滝の声が高くなる。

「聴いてます」

ぼそりと久我重明が答えた。

「どうなんだ」

「もう、かんべんしてくれませんか」

抑揚《よくよう》を殺した声で、久我重明は言った。

どこかに、黒滝の言葉がわずらわしそうな響きがこもっていた。

「なに⁉」

「いま、この久我重明が謝りましたよ。かんべんしてくれと——」

「なんだと?」

「それで、不服がありますか」

久我重明は言った。

「わたしを殺せますか」

低い、鉄の声で久我重明は言った。

「不服があると言うなら、それでいいんですよ、黒滝さん。しかし、ならば、もうこのわたしを殺す覚悟があるのかと訊いているんです」

久我重明は、手の中で、重いガラスの灰皿をいじっていた。

その意味に、ふいに黒滝は思い至ったらしい。

この灰皿は、凶器になる。

もしも久我重明がこれを投げ、それが額に当れば、そこの骨は陥没し、脳までめり込むことであろう。

ぞくりと首を縮めて、

「重明、それはどういう意味だ」

その声が高くなっている。

「意味なんかありませんよ」

「なに」

黒滝が言った時、久我重明の手の中で、ぴきっ、と何かがはじけるような音がした。

久我重明は、両手を伸ばして、持っていたものを、テーブルの上に置いた。

ひとつであった灰皿が、ふたつのパーツに分かれていた。

ひとつは、大きく、ひとつは小さい。

久我重明が、分厚いガラスの灰皿の縁を、指で毟《むし》り取って、ふたつにしたものであった。

「じゃ、行きますよ」

のっそりと、久我重明が立ちあがった。

「ど、どこへ行く?」

「試合を観にね」

「試合?」

「今日、礼二のやつが出るんですよ」

久我重明は、そう言って、黒滝に背を向けた。

後方に立っていた男と、久我重明の眼が合った。

二秒と見つめ合わないうちに、男が横へのいていた。

「じゃ、行きますよ」

久我重明は、ドアのノブに手をかけ、それを押し開いた。

「他に、会いたいやつもいるんでね」

ちらっと、久我重明は後方を振り返った。

その唇の端が、V字形に吊りあがっていた。

強烈な笑みであった。

ドアを閉めずに、背を向けたまま、久我重明は歩き出した。

しばらく聴こえていた久我重明の靴音も、やがて、聴こえなくなった。

あとがき

ああ、なんということか。

実に、〝青竜編〟以来十四年ぶりの『獅子の門』である。

第一巻〝群狼編〟を、『小説宝石』に書き出したのが一九八四年のはずだから、なんともう、十八年もこの物語を書いていることになる。

と言っても、四巻目を書き出すまでに十二年の空白期間を作ってしまったわけだ。

まことに申しわけがない。

これは、出版社側の事情によるものであり、ぼくの事情によるものではない。

『小説宝石』に、この『獅子の門』を連載していたのだが、ある時からこの『小説宝石』が、読みきりの短編を中心にやってゆくことにシフトして、その時に、この物語が連載枠からはずれてしまったのである。何年もたってから、再び連載のチャンスがあったのだが、では、三ヵ月後から連載再開というわけにもいかない。

ぼくの場合、常に並行して八本から十本の長編を連載しており、どれかが終らないと、新作にとりかかることができないのである。しかも、そのうちの半分以上が、十五年から二十年も連載を続けているものであり、短い連載でも、三年から四年はかかってしまう。このローテーションの中に新作を入れるためには、申しわけないが三年から五年、忘れずに待っていただくしかないのである。『獅子の門』も、中断している間に新作枠でローテーションを組んでゆかないと入らない状態になってしまったのである。

再開まで、約束してから三年。

この間に担当者が忘れてしまったり、部署を異動してしまったりすれば、そのままその作品は書かれないままになってしまうことになる。

まさに、こういう事情に『獅子の門』はあったのである。

ちなみに、似たような事情で、続きを書いていない話——約束はしてあるが書き出してない話はまだ何作もある。

『妖獣王』

『大帝の剣』

『黄金宮』

『骨笛』

そして、多少は事情が違うものの、

『宿神』

この五作がそういった話である。

『月に呼ばれて海より如来る《きた》』もこの中に含めていいかもしれないが、この話については、『混沌《カオス》の城』とそしてこの夏から小学館の『ラピタ』で連載することになっている〝平賀源内と恐竜の話〟を書いてしまうと、自然に書かなくてもよいことになってしまうかもしれない。

『ダライ・ラマの密使』は、発表誌がかわって、ようやくこのたび七年ぶりに再開したばかりである。

今回、『獅子の門』が再開できたのも、前述した事情の中で、なんとか担当編集者がつないでくれたからであり、よくぞ十二年間も忘れずにいてくださったと、心から御礼を申しあげたい。この『獅子の門』は、ぼく自身も決着をつけておきたい物語であったのである。

新刊「朱雀編」を出すにあたっては、前三巻「群狼編」、「玄武編」、「青竜編」を新装版として再版していただいた。

表紙と、それから中のイラストは、漫画家の板垣恵介さんにお願いをした。

本来、ぼくは、小説の表紙には漫画を使用すべきではないと考えている人間である。漫画と小説はもともと別のものであり、小説を漫画化するのはこれは試みとしておもしろい、チャンスがあればそれを逃《の》がすべきではないと思っているが、小説の表紙を漫画にするというのとは意味が違う。

漫画は、シビアな世界である。

線によって、はっきりとキャラクターを描く。このキャラクターのできが、漫画のできを左右すると言ってもいい。

もしもその線で、小説の登場人物たちを描かれたら、本来自由に読む人間が想像すべきキャラクターのイメージが限定されてしまうことになる。小説を漫画化して、その中でキャラクターが描かれる場合と、小説の表紙にそのキャラクターが描かれるということでは、わけが違うのだ。

これは、たいへん危険な賭である。

もしも、作品にあわないかたちで、登場人物のイメージが限定されてしまったら

——


もっとも、いくつか例外はある。

高千穂遙の『クラッシャージョウ』、『ダーティペア』は、その例外のひとつであり、これは安彦さんの絵と作品がうまくマッチした例である。よくあることではないのだ。

だから、これまで、ぼくは小説の表紙を漫画で——という誘惑に耐えてきたのである。それを自らに禁じてきた。

今回、その禁を破った。

ぼくが自ら板垣さんにお願いをしたのである。板垣恵介にならイメージを限定されてもよいと思ったからである。どうにでもしてちょうだい――と脚を開いてしまったわけである。

ここで、久我重明の話をしておきたい。

この『獅子の門』において、漫画風に言うなら、一番キャラの立っているのが久我重明ではないか。

板垣さんは、このことをずっと前から見抜いていて、機会があるたびに、

「久我重明、いいですねえ」

よくそういう話をしていたのである。

現在、板垣さんには格闘小説『餓狼伝』を漫画化していただいており、これが抜群におもしろい。

なんと小説『餓狼伝』の部数が、漫画『餓狼伝』の部数に抜かれてしまったのである。

これは、ぼくも初めてのことであった。

〝人と人とが素手で闘う〟

このことのみに、異様なまでの特別なこだわりをもって描いているのが、板垣恵介という漫画家である。ここには、〝闘いの思想〟とでも言うしかないものまで、コマの間からにじみ出てきているのである。

板垣恵介の凄いところは、常に新しい表現にチャレンジしていることであり、さらに、そのチャレンジを成功させてしまっていることである。

ある時、『餓狼伝』の件で、板垣さんから電話があった。

『獅子の門』の久我重明を『餓狼伝』に出してもいいですかという。

もちろん、OK。

漫画家がのっているからこその問いであり、こういう時に、そののりに水を差すようなことは断じてやってはいけない。

板垣恵介という漫画家のおもしろいところは、この〝OK〟のあとである。

「それで、久我重明のキャラクターなんですが、どうしたらいいですかねえ」

キャラクターについて訊いてくるのである。

「こういう男って、いったいどういう顔してるんだと思います？」

原作のぼくに、嬉しそうに訊いてくるのである。

松尾象山の時もそうだった。

そのことは、いずれどこかで書くので、今は久我重明のことだ。

しばらく話をしたあとで、

「巨人の松井の顔って、そうじゃないですか」

このような答を出してくるのである。

板垣さんの頭の中には、電話をしてくる時、はじめから〝松井〟の顔があったのであり、それはもう半分決まっていたのである。

それで、ぼくにそのイメージの確認をしているわけなのである。

ぼくにとっては、まったく思いもよらない名前であったのだが、言われたとたんにはまってしまった。

久我重明――松井。

「いいじゃないですか」

即座にぼくは言った。

こうして、久我重明の『餓狼伝』登場と、そのキャラクターが決まったのである。

読んでない人間は、即、漫画版『餓狼伝』を読むといい。

出てきた久我重明が、また渋くていい。

ぼくは、小説を書いている時に、キャラクターの顔が、何人か決まっている人物がいる。

『キマイラ』の菊地が、天野喜孝さんの絵。

『陰陽師』の博雅が、岡野玲子さんの絵。

晴明が野村萬斎さん。

そして、今回、板垣さんの久我重明がそれに加わってしまったことになる。

久我重明――全身が黒い。

黒い鉄のような男。

皮膚の色まで、黒い鉄のようであった。

眼が、細い。

ナイフで、横に切れ込みを入れたような眼であった。

表情がない。

どのようにないか。

たとえば、黒い鉄に表情がないとすれば、そのようにない。

もし、黒い鉄に表情があるとするなら、その程度にはある。

このように、ぼくは書いた。

これが、絵になって、しかも動いているのである。これがいいのだ。

ああ、できることなら、『獅子の門』まで板垣さんに漫画化してもらい、久我重明がもっと動くところを見たい——このように思ってしまったのである。

しかし、週刊誌と隔週誌に連載を二本もやっていれば、もう、三本目をやっていられないほどいそがしいのはよくわかるから、ここはせめて『獅子の門』の表紙でもいいからと思ったのが、板垣さんに絵をお願いするきっかけとなったのである。

今回、久我重明が、本書の中で半分近くも出場しているのは、そういうわけである。

板垣さんの絵の力で、ぼくの方の久我重明も動いてしまったのだ。

というところで、『獅子の門』再開。
よろしく。

二〇〇二年　一月
小田原にて
夢枕　獏

初出　『小説宝石』二〇〇〇年六月号～九月号、
十一月号～二〇〇一年十二月号

お願い——

この本をお読みになって、どんな感想をもたれたでしょうか。「読後の感想」を左記あてにお送りいただけましたら、ありがたく存じます。

なお、「カッパ・ノベルス」にかぎらず、最近、どんな小説を読まれたでしょうか。また、今後、どんな小説をお読みになりたいでしょうか。読みたい作家の名前もお書きくわえいただけませんか。

どの本にも一字でも誤植がないようにつとめておりますが、もしお気づきの点がありましたら、お教えください。ご職業、ご年齢などもお書きそえくだされば幸せに存じます。

東京都文京区音羽一-一六-六
（〒112-8011）
光文社　ノベルス編集部

長編スーパー・バイオレンス小説

獅子《しし》の門《もん》　朱雀《すざく》編

2002年3月5日　初版1刷発行

著者　夢《ゆめ》枕《まくら》獏《ばく》
発行者　濱井武
印刷所　慶昌堂印刷
製本所　関川製本

発行所　東京都文京区音羽1　振替　00160-3-115347　株式会社　光文社
電話　編集部　03(5395)8169
販売部　03(5395)8112
業務部　03(5395)8125

落丁本・乱丁本は業務部へご連絡くだされば、お取替えいたします。

ISBN4-334-07457-X
Printed in Japan

KAPPA NOVELS

KOBUNSHA

「カッパ・ノベルス」誕生のことば

カッパ・ブックス Kappa Books の姉妹シリーズが生まれた。カッパ・ブックスは書下ろしのノン・フィクション（非小説）を主体としたが、カッパ・ノベルス Kappa Novels は、その名のごとく長編小説を主体として出版される。

もともとノベルとは、ニューとか、ニューズと語源を同じくしている。新しいもの、新奇なもの、はやりもの、つまりは、新しい事実の物語ということころから出ている。今日われわれが生活している時代の「詩と真実」を描き出す――そういう長編小説を編集していきたい。これがカッパ・ノベルスの念願である。

したがって、小説のジャンルは、一方に片寄らず、日本的風土の上に生まれた、いろいろの傾向、さまざまな種類を包蔵したものでありたい。かくて、カッパ・ノベルスは、文学を一部の愛好家だけのものから開放して、より広く、より多くの同時代人に愛され、親しまれるものとなるように努力したい。読み終えて、人それぞれに「ああ、おもしろかった」と感じられれば、私どもの喜び、これにすぎるものはない。

昭和三十四年十二月二十五日

光文社

KAPPA NOVELS

KAPPA NOVELS

長編暗黒小説 虚《うつろ》の王 馳《はせ》 星周《せいしゅう》

長編ハード・ロマン小説 真夜中の犬 花村萬月《はなむらまんげつ》

長編小説 二進法の犬 花村萬月

長編冒険小説 大海原《おおうなばら》の悪魔 馬場啓一

長編経済推理小説 ウォール街の殺人 馬場啓一

長編スペクタクル小説 大逆転！ 幻の超重爆撃機「富嶽《ふがく》」〔1〜8〕 檜山《ひやま》良昭

長編スペクタクル小説 大逆転！ 2003年 戦艦「武蔵《むさし》」〔1〜6〕 檜山良昭

長編シミュレーション小説 海底空母 イ-400号〈初陣編〉 檜山良昭

長編シミュレーション小説 海底空母 イ-400号[2] 南極作戦編 檜山良昭

長編シミュレーション小説 海底空母 イ-400号[3] 中部太平洋編 檜山良昭

長編シミュレーション小説 スエズ運河を奇襲せよ！ 海底空母イ-400号[4] 檜山良昭

長編ハード・ロマン 凶悪《きょうあく》海流 広山義慶《よしのり》

長編ハード・バイオレンス小説 闇《やみ》の蠍《さそり》 無法戦士・雷神 広山義慶

長編ハード・バイオレンス小説 魔性熱帯《パウダー・ロード》 無法戦士・雷神 広山義慶

長編ハード・バイオレンス小説 暗黒潮流「Z」 無法戦士・雷神 広山義慶

長編ハード・ロマン 邪淫《じゃいん》の絆《きずな》 広山義慶

長編推理小説 能登《のと》・金沢30秒の逆転 深谷忠記《ふかやただき》

長編推理小説 札幌・オホーツク 逆転の殺人 深谷忠記

長編推理小説 人形の家殺人事件 藤 桂子

長編本格推理 絶対悪《ぜったいあく》 藤 桂子

長編伝奇小説 陰陽師《おんみょうじ》 鬼一法眼《おにいちほうげん》 壱之巻 藤木《ふじき》 稟《りん》

長編伝奇小説 陰陽師 鬼一法眼 弐之巻 藤木 稟

長編伝奇小説 陰陽師 鬼一法眼 参之巻 藤木 稟

長編推理小説 置き去りの街 本間香一郎《こういちろう》

長編推理小説 捨てたはずの街 本間香一郎

長編時代小説 明治九年の謀略 舞岡《まいおか》 淳《じゅん》

長編時代小説 明治十一年の贋札《フェイク・マネー》 舞岡 淳

KAPPA NOVELS

KOBUNSHA

- 長編推理小説　彼は残業だったので　松尾詩朗《しろう》
- 長編ホラーミステリー　鳥肌《とりはだ》　松岡弘一《こういち》
- 長編アクション小説　荒鷲《あらわし》ブラックローズ　松岡弘一
- 長編暗黒小説　錬金《シノギ》の帝王　溝口《みぞぐち》　敦《あつし》
- 長編推理小説　東京《ウォーター・フロント》殺人暮色《ぼしょく》　宮部みゆき
- 長編サスペンス小説　スナーク狩り（カッパ・ノベルス ハード）　宮部みゆき
- 推理小説集　鳩笛草《はとぶえそう》　宮部みゆき
- 長編推理小説　長い長い殺人　宮部みゆき
- 長編推理小説　クロスファイア（上・下）　宮部みゆき

- 長編推理小説　蒲生邸《がもうてい》事件　宮部みゆき
- 連作歴史小説　幕末水滸伝《ばくまつすいこでん》　剣客たちの青春　三好　徹
- 長編推理小説　パピヨンの身代金《みのしろきん》　三好　徹
- 長編推理小説　「黒い箱」の館　本岡《もとおか》　類《るい》
- 長編推理小説　「不要」の刻印　本岡　類
- 長編推理小説　横浜狼犬《よこはまハウンドドッグ》　森《もり》　詠《えい》
- 長編推理小説　死神鴉《しにがみからす》　横浜狼犬Ⅱ　森　詠
- 長編推理小説　警官嫌い　横浜狼犬エピソード1　森　詠
- 長編警察小説　砂の時刻　横浜狼犬エピソード2　森　詠

- 長編アクション小説　星の陣（上・下）　森村誠一
- 長編推理小説　路（みち）　森村誠一
- 長編推理小説　雪煙《せつえん》　森村誠一
- 長編推理小説　棟居《むねすえ》刑事の殺人の衣裳《いしょう》　森村誠一
- 長編青春ロードノベル　勇者《ゆうしゃ》の証明　森村誠一
- 長編小説　エンドレス ピーク（上・下）　森村誠一
- 長編推理小説　ガラスの密室　森村誠一
- 長編推理小説　笹《ささ》の墓標　森村誠一
- 推理傑作集　法王庁の帽子　森村誠一

KAPPA NOVELS